移愛記

蔡文甫 著

目錄

特載：

新裝

金媚走回這出租的單身公寓，匆匆忙忙關上門，性急地換穿剛取回的新裝。

她對這種破爛的大房屋，分隔成許多小間，既簡陋，又不通風，感到十分厭惡。尤其在穿換衣服時，毫無遮攔，覺得更苦惱。老是暗自詛咒：早離開這個鬼地方早好！一年過去，又是一年，天天受這活罪。她知道：只有結婚，才能離開這兒；但什麼時候結婚呢？

已把新的綠色連身BS裝熨貼地穿好。寫字和梳妝合用的長桌上，有一面半尺高的橢圓鏡。她對著鏡子，用目光前後左右地測量：很挺，很亮，把自身所有的優點都表現出來。衣服的確是新的好，她想。

自己的看法太主觀，仍需要別人客觀地鑑賞。她用興奮的腔調，喊同室的女同事：

「婷婷，妳看我這件衣服怎麼樣？」

縮在陰黯角落裡做飯的方婷婷，伸出半個頭隨意一瞥：「很漂亮。」

「合不合身？」

沒有答腔。金媚的視線，從鏡子再從新裝上貪戀地拔出，飛向廚房。「婷婷，妳忙什麼？」

「我要出去。」婷婷手裡拿著鍋鏟，急速地在鍋裡翻動。「我先弄飯吃。」

「噢——妳今天有約會。我忘了，難怪——」金媚沒法說下去，但鼻腔有股酸意。難怪不願多看她新裝一眼。

「今晚我有點緊張，」婷婷接著解釋。「小吳今兒要帶我去見他媽媽，我忘記告訴妳……」

怎會是忘記告訴她，明明是瞞著不讓人知道。婷婷離開學校不久，進入她們公司還不到半年，便和小吳打得火熱——小吳也和她來往過很長一段時日；現在看樣子，婷婷和小吳是要作結婚的打算了。

她一時迫切地想不起自己怎樣和小吳鬧翻的，也許是由於方婷婷進入公司，才慢慢疏遠的哩。婷婷比她年輕十歲，在情場上一定是勝利者。

「恭喜妳啊！」金媚要對方欣賞自己新裝的興趣，像被一陣急雨撲滅得無蹤跡了，索然地返身向後走。「見了面，千萬不要緊張，自自然然就好了。」

「妳不曉得小吳的母親，脾氣有多古怪……」

走遠了已聽不到下面說些什麼。但婷婷怎知道她不曉得小吳母親的脾氣。小吳的母親，嫌她臉生得長，嫌她說話嗓門高像吵架；最主要的是嫌她年紀大（她比小吳大一歲）……這些她都沒有告訴過婷婷，諒小吳也沒有談起往事；還是不讓婷婷知道的好。何況她自己今兒晚上，也有頂重要的事。

回到長方桌前，坐在藤椅上，凝視著自己的新裝，鵝蛋形的面龐——這樣俊俏的臉，怎會嫌長？不嫌長的人多著呢！葛德龍、李志豪、胡彬、陳查某、殷時……一大堆的男孩子都喜歡過她；如果她目光稍微低些，早就結婚生子，還等到小吳的母親評高論低、說長道短！媽媽說：「小媚啊，妳還不遷就些，三十三歲了，真要當金家一輩子的姑娘？……」同事們說：「金媚，妳沒有三十歲，看起來頂多二十八。」也許是嘴上安慰她，背後定在互相擠擠眼、歪歪嘴：「金媚可能超過三十五了哩！」

她忽地跳起，歪倒在床上，從枕頭下面摸出媽媽寫來的信，一眼就找出她看過很多遍的那幾句話：「……雖然是續弦，但對方的人品、學問都很好，也有經濟基礎，就是歲數大一點，四十六歲……」

沒有錯，是四十六。比她的父親小六歲。父親結婚為什麼那樣早？報紙上的標題有：「八十歲的新郎十八娘」，那對新婚夫婦的年齡是多麼懸殊！在外國，丈夫比太太大二十歲、三十歲的太多了，為什麼她不能接受這樣的「相親」？

金媚把那張發軟的信紙，半搓半揉地又塞進枕頭下面。媽媽和弟弟今兒從鄉下坐火車來，帶四十六歲的男人逛街、看百貨公司……媽媽要她做嚮導，招待客人。講得滿好聽，說穿了就是「相親」。她雖然打不定主意，要不要去陪媽媽和弟弟，還是訂製了新裝。

「妳怎麼躺在床上？」婷婷匆匆走進，大聲驚叫：「新衣服不是揉皺了！」

「這是不皺的料子，搓搓揉揉還是很挺。」說著她已坐起。真不願在婷婷面前，表現出頹喪和淒涼。她站在地上，彎腰摸平裙裾。「妳看怎麼樣？」

「真的很漂亮。」婷婷右手推著她的肩膀，使她慢慢轉身，彷彿在細心欣賞。「顏色是不是嫌脆了一點？」

沒有回身，但聽得懂婷婷話中的含義：這顏色太嫩，和她的年齡不合——衣服的式樣太新，是年輕少女穿的時裝——難道她就該穿老太婆式的衣服，從頭到腳都是灰色、褐色，人人都對她搖頭、嘆息？

不願正面辯駁，她說：「這是現在流行的啊！」

婷婷的目光仍纏在她的新裝上。「我不喜歡流行的東西。穿起來，大家一樣，才沒有意思哩！」

她知道婷婷不喜歡流行的理由，是因為那些太貴，買不起，只好穿比較落伍的衣料。

「妳年紀輕嘛，穿什麼都是一樣漂亮。」

「妳也很年輕啊！看起來，還不到二十八……」

她希望聽到這樣的話，婷婷真的說出口了。她平伸著雙臂，暈陶陶地舞踊著慢慢迴旋，彷彿真的回到了二十八歲的時代。那麼多男孩子追逐在身畔。長得不俊、收人不豐、生性吝嗇、大家庭複雜……怎麼人人都有缺點。一個個來，也一個個拒絕了。她還記得嫌對方年齡時說的話：「三十多歲了，老頭子，誰嫁給他！」這好像是昨天的事，怎麼只蹉跎了一會兒工夫自己也三十多歲了哩！媽媽經常嘮叨：「小媚啊！三十歲以上的女人，像老牛一樣，走一步掉一個錢，吃香不起來，還不睜一隻眼，閉一隻眼，趕快找個對象……」這些話像暴風雨中的雨滴，不時敲擊自己的腦門、心田。

她還想再證實一句。「妳是說，看到我穿起新衣服才像……」

「不，妳的年齡就像二十八，大家都這樣說。妳身材苗條，腿長，皮膚白——」婷婷似乎要逃避著什麼，突然話鋒轉向。「噢！這裙子好像高了一點。」

她猛吃一驚，但隨即想起，這是同一家時裝店做的，和上次天藍色裙子同樣尺碼。婷婷常借她衣服穿。上次借天藍色裙子，認為不長不短，非常合身，這樣的迷你裙穿在身上，正可以表現她又長又直的腿，怎麼今兒的目光不同了哩！

金媚不得不反駁：「和我那條藍裙子一樣長哩！」

「可是，看起來不大一樣。」

「很難看嗎？」

「不！不難看，只是惹眼了點，可能……」婷婷似在躊躇著，言語吞吞吐吐。「可能……年紀大的人，不大看得慣……」

她的心像被人捏了一把，擠得全身都是汗水。媽媽今兒陪年紀大的人來相親，並沒告訴婷婷，婷婷怎會知道！諒是偷看了她的信——以後來信要小心收藏，不能信手亂放了。

當然，這並不是什麼了不起的祕密。剛開始的時候，每次有這種機會，總是和婷婷討論。現在因為被「相」的次數多了，每次都是不成功（介紹給她的男人，條件愈來愈低，她心理上卻來不及適應，這怎能怪她），怕被年輕氣盛的婷婷譏嘲，才故意隱瞞。

現在她要試探一下，婷婷到底知道多少。「多大年紀的人，看了會不順眼？」

「也許，也許五十歲以上的人。我是說，老一輩的人，也許會不喜歡，看不慣。」

婷婷這就料錯了。母親此刻只關心她的終身大事，日夜盼望有男人喜歡她，盼望她喜歡那些被介紹的男人，才不管她的衣著，計較裙子的長短哩。

「我的母親頭腦很新，」金媚解釋道。「不會看不順眼的。」

「不，不是，我是指小吳的母親。」婷婷的臉頰飛出紅暈。「噢——我真的不好意思說出口……」

「說啊，不要緊，我們之間，還有什麼好隱瞞的。」

「我見了這件漂亮的衣服，就想起今天第一次見小吳的母親，應該給她一個好印象，所以……想借妳這新衣服穿一下……」

金媚像被別人剝光衣服似的，感到又羞又惱。婷婷看到她穿著新衣，躺在床上，料定她不會走出房門一步，才有這種想法的吧！以往婷婷向她借衣服和佩帶的裝飾，她從沒有拒絕過。但今兒不同，借的是新做的而且是去見小吳的母親；最主要的還是自己為了「相親」，才特別訂製的新裝——雖然到目前為止，還沒有決定要不要赴約；但總不能為了別人忘記自身的目的和希望。

「哦——」她也佯裝著突然憶起的樣子。「我忘記告訴妳，今晚有事要出去。」

「也有約會？」

「對啊！一個鄉下來的客人。」

「那太好了。」

看出婷婷是故意表示高興。她對自己用「客人」的名詞替代男方，感到滿意，但仍輕淡地說：「看看緣分吧。」

「對方多大？」

奇怪，什麼都不問。學歷啊、事業啊、經濟基礎……等等，她都可以響亮地大聲回答，怎會一下子就問到年齡？小吳除了年輕以外，沒有任何優點。而今兒晚上的男人，再年輕幾歲，就十全十美——當然要等到見面才能確定。現在還不知道高矮、肥瘦、醜俊……也許在介紹以後就不想再見面了哩！

「三十八歲。」金媚沉靜地回答。

「那太好了，你們年齡相當，今天應該好好地把握機會。」

婷婷說完就去忙著吃飯、梳洗、化妝……作赴約前的準備工作。看看時間，她也該準備出發了；但婷婷的言語，像硬嚥下的冰冷湯圓，梗塞在心頭，無法滑動。現在已經知道年齡不相當，怎能把握機會？

「四十六」和「三十八」這兩個數字，像兩枝鼓槌輪流擂擊著自己的腦門。「三十八」已經不可能，而「四十六」還不一定可靠。她自己介紹給對方時，也被說成二十八歲。每次都是默默承認——大家都說她頂多像二十八嘛。謊言說過來，又說過去。男方的「四十六」歲，也許是五十出了頭！叫她如何死心塌地結婚。

她比婷婷大十歲，閱歷深，經驗豐，對於男女之間的感情問題比婷婷了解得多，小丫頭怎有資格教訓起老大姊來！獲得愛情保障的人，難道就高人一等？可是小吳年輕，感情不穩定；而且見了他母親，還不知道是否同意。從愛情走到婚姻的路上，還有不少關卡，婷婷怎有那麼多的自傲和自信。

婷婷已打扮整齊，靈靈巧巧，全身飛舞著春意，飄逸地向她說再見，並祝福她今晚有好運。她又妒又羨，便暗自狠狠下了決心：不管對方條件怎樣，一定要好好把握機會。

撥開心中雲霧，精神就振作得多。做起事來，輕快伶俐，耳中彷彿塞滿美妙的音樂，整個世界又為她而旋轉了。

新衣、新鞋、新皮包……全部佩帶綻放光芒。房中只有她自己，芭蕾式地跳躍、迴旋，手足輕盈，生命奔放。婷婷說她像二十八歲，也可能是實話。「二十八」和「四十六」配在一起，將是多麼的不相稱——不要太自信，在陌生的男人眼中看來，妳也許是三十六歲哩！

想到年齡，她不由地打了一個冷顫。如果猜測的沒有錯，對方已超過五十歲，將要怎樣作決定？

好吧，如果妳不理人家，再等待下去，將來介紹給妳認識的都是五十歲以上的老頭。眼前的趨勢，認識的男友，愈來愈不如以前那些她不想結交的人，不承認這事實也不行——看起來非要遷就事實不可了。

外表和內心都準備得很充分，立刻要出門赴約了。卻聽到「咯咯咯」的敲門聲。她瞿然心驚。這會是誰？該不是方婷婷碰釘子回來了吧？雖然心中掠過一陣舒服式的涼意，但隨即想起沒有高跟皮鞋聲，而婷婷也不是如此敲門法，便大聲問：

「是誰？」

「我是鐵城。」

哦，好高興；但打開門就覺得不對勁，弟弟來幹麼？他是應該和媽媽在一起的。

讀大一的弟弟仍站在門口。她說：「進來坐吧！」

「媽媽要我先來和妳說一聲，」弟弟雖然走進，卻沒有坐下，「以前談的那個人沒有來。」

耳中嗡地一聲，似乎什麼都聽不見了；但心中卻在想，怎樣對婷婷解釋這滑稽的事。

「為什麼？」

「媽打聽出來了，那個人是五十歲，還有前妻留下的兩個男孩——」

「我的天哪！」她驚呼著，跌坐在床上；如不是當著弟弟的面，也許會躺著打滾，號啕大哭。

弟弟輕聲解釋：「所以媽媽不要他來。」

金娟覺得心安了不少，似乎又增加很多失望。海洋中掀起一個巨浪衝擊著堤岸，接著便是更大的浪濤。原來下定決心在今晚抓住機會的；現在一切希望都變成泡沫了。但她表面仍顯得平靜，不在乎似地說：「不來最好。」

「可是，媽媽現在陪了另外一個人來——」

「那又是誰？」

「比那個人年輕得多，」弟弟折弄著手指，顯出微微的不安。「媽媽說，一切條件都比那個人好；就是臉上有個大疤。媽先讓我和妳說清楚，再要我陪妳一道去。」

真是「媽媽要我嫁」了。一個男人沒有弄清楚，連忙又找一個。女兒又不是青菜蘿蔔，隨便找人來估價出售。既然換一個「相親」的，也該事先商量一下。即使時間來不及，也該改個日期，怎能這樣匆忙草率。

她迅速地站起，嚴肅地說：「你回去跟媽說，我今晚另有約會，不能去。」

「可是，媽已來了；而且——」

「我知道。」金媚不讓弟弟說下去，拿出一張鈔票，塞在弟弟手裡。「你坐計程車趕回去告訴媽，我這就出去了，不要等我，也不要來找我。」

弟弟帶著困惑的表情走了。她又坐在長方桌前，從鏡中欣賞自己的新裝；為了好向婷婷「交代」，她必須出去，但如何在街頭打發這淒涼的夜晚呢？

——一九七二年九月《中國語文》

釋

吳娟娟把西式信封大小的天藍皮包，換到左手，伸長右臂捺電鈴，然後諦聽室內動靜。

沒有拖鞋聲，沒有桌椅碰擊聲，沒有開關紗門聲……黃書友一定不在家，不然早已衝出客廳來迎她了。

她用右手拇指，扳翻脅下挾著的書頁，發出呼啦啦的響聲。主人不在家，還要進去？皮包在兩手之間傳遞，終於被打開，摸出鑰匙，塞進鎖孔。「咔嚓」聲提醒了她，已走進自己不願走進的大門了。

客廳的長茶几上，乳白色橢圓菸灰缸，鎮一張藍紙條：

「請準備晚餐，陪我同吃；然後……」

怒火突從胸中迸發，搶過紙條，撕成數片，再揉成一團，擲在屋角。

紙條上沒有稱呼，結尾也沒有具名，但這明明是寫給她的。女主人回鄉下娘家待產，偌大一座房屋，只有她才能開門進來，只有她才肯幫他做飯——可是黃書友就料定她今兒會來，確定她會陪他，然後——沒有寫下去，「然後」又怎樣呢？

她感到一陣暈眩。黃書友太蔑視她，大伭估她的自尊心了。抱起剛放在茶几上的書，向門外衝去；但她忽然想起，必須在那紙條上寫幾個字，告訴他為什麼要匆忙地離開，才會使他心服口服。

從牆犄角的沙發空隙裡，找出那紙團，揉平已拼湊不出原形，只好另外用紙書寫。坐在沙發上，咬著筆桿，面對白紙，一個字也寫不出，十多年的書算是白念了。

這是媽媽掛在口邊的話。如果知書明禮，還會和亂七八糟的壞男人在一起？實際上黃書友並不壞，只是剛認識她的時候，沒有把結過婚的事告訴她而已。

又把那紙條揉成一團。不必寫什麼話了，還是把自己的決定，當面告訴他吧。

娟娟在客廳內轉了兩圈，乾坐著不是辦法，走動也不能消除自己的鬱悶和氣忿。既然黃書友告訴她做飯——這樣的事例，已不知有多少次；而且她自己也餓得慌，不能餓著肚皮和他討論問題啊！

走進廚房，她也對這樣找理由寬恕自己的行為，連連搖頭，表示不滿；這已成為自己很大的缺點，今後要痛下決心改正……

內心嘮叨著，雙手已開始忙碌。米缸、冰箱、碗櫥……廚房中的一切，都是熟悉的，做起來嫻熟自然。女人天生就是生活在廚房中的。

別得意，瓦斯爐的自動開關出了毛病。火點著了又滅，滅了又點，又滅……菜是燒不成了。

搖搖煤氣筒，很輕，原來是用完了。眼看著這工作無法繼續下去，除非等到主人回家。

辦法還是很多。煤氣筒上有電話號碼，打電話讓行裡送來。肯欠帳最好，不然自己墊一墊，還怕主人不歸還？

一切按照計畫進行。

為了要欠帳，對送煤氣的工人說話時，表示出主人的味道。「今天家中不方便，煤氣的錢，明天送到行裡去，或是請你來拿——」

「沒關係，太太，」工人抬頭看了她一眼，「下次送煤氣，一齊收。」

工人拿著空筒走了，她一直還和自己辯論：為什麼不糾正工人的稱呼？難道她真的像太太？工人也看不出她是一個正在讀書的學生？

眼睛在廚房四周梭巡，鍋、碗，以及瓶瓶罐罐，都是屬於太太的，她在這兒一無所有。房屋、家具、床……以及黃書友都不是她的。她還能躲在陰暗的角落，欺騙自己？

她走進客廳，抓起茶几上的一疊書和皮包，便向門外衝去。

「怎麼啦！娟娟。去哪兒？」

她被擋在門口的黃書友攔住了。

「回去！」

「妳剛來？」

本來什麼都不想說；但為了隱藏自己的憤怒，還是告訴了他：「飯已煮好了，菜你自己燒吧！」

黃書友的兩臂伸開作出向前擁抱的姿勢；她迅速後退一步，生氣地說：「大白天，你這是做什麼？」

「天已快黑了。不要走，我們談談。」

他談話的語氣，既像命令，又像懇求，似乎不容別人有討價還價的機會。好吧，今天該是談談的最好機會了，也許會談出一個結果來。

娟娟走回客廳，把脅下的書，一本一本地平疊在茶几上。她不想坐下，也不願進廚房；黃書友卻在催促她，「請妳幫忙做完飯，然後——」

「『然後』怎麼樣？」

黃書友聽到她截然的不客氣語調，似乎猛吃一驚，結巴地說：「然……然後我們去……去看電影。」

「我不要看。」

「不看也行，晚飯總是要吃的。」

「我不要吃！」

她低頭在撫弄自己的書本；但眼角還看到黃書友臉上寫出的訝異和困惑。今兒和她平時有說有笑的情形不同，對方像是忽然鑽進濃霧，不辨南北西東了。

「娟娟，妳說，為什麼不高興？」他坐在對面的沙發，溫和地說，「妳坐下好嗎？」

她很聽話似地坐下，但心中彷彿有一股熱血沸騰著，急於要大吵大鬧，才能發洩出來。

「今天是最後一次來這兒了。」她極力控制自己的語調，不把情緒表現在面龐。

「為什麼？」

「我媽媽說——」

黃書友攔住她。「這是老問題了，妳母親一直是這樣說的。」

「可是這次不同——我未婚夫知道了。」

他猛地躍起。然後再衰竭地坐下，「妳不是騙我的吧？」

為什麼是騙他。昨天下午下了課，本來是要回家的，但黃書友卻在學校附近的路上等她，邀她去看電影。怎麼也料不到，遠在南部工作的未婚夫袁井宏回來了，沒有等到她，卻在電影院鐵門外，看到他們親熱地有說有笑從樓梯上出場。當時進場、出場的人很多，袁井宏擠到出口處，他們卻被人流淹沒，才沒有當面指認，但他卻跑往她家中，向她母親哭訴。

「信不信由你。」她說：「但我們的交往，決定到此結束。」

「妳不要講得這樣『絕』，一定有辦法好想的。」

「有什麼辦法？」娟娟站了起來。「你不要再把我當孩子看待哄我了。」

「我沒有哄妳，我都是為妳設想的。為妳好——」

腦中似乎有風扇在吹動，耳中不斷地發出嗡嗡聲，沒有聽清楚黃書友下面說些什麼。但現在怎樣都不相信是為了她才有這種不正常的關係，誰知他是不是故意挖下陷阱，等著她往下跳……

當時，她感到自己在長大了。大學已讀了兩年，有不少男孩子圍繞著轉；最明顯的是走在路上，坐在公共汽車上，有不少的男人乾著眼睛瞪住她，像要把她一口吞下去；而媽媽成天嘮叨，不要隨便和不明底細的男人來往啊。媽媽窮了一輩子，受盡了苦，妳現在要睜著眼睛找對象啊！

找吧，剛放了暑假，不知道是哪兒聞訊來的媒婆——許是媽媽拜託的，東家少爺有錢，西家公子有地；還有街上的小老闆，工廠開得好大……相親吧！張三、李四、王二麻子都來了。能違逆媽媽的意思嗎？不能。在家中閒不下來，找個臨時工作貼補家用，比在家閒著要好得多。媽媽聽到有收入，還可以接觸公司裡許多有錢、有地位的男孩子，自然答應了。

在工作的環境裡，她暗地裡挑選了這位英俊的科長，作她理想的對象。當然，這是有理由的。她低著頭抄寫、記帳，在屋中走動，眼角都看到他的視線隨著她。黃書友照顧她、關心她，她被那微笑的眼神融化了。要擺脫母親對她婚姻的安排，只有黃書友才最適合；不論怎樣，是她自己的選擇，彷彿在和母親長途競賽中，自己獲得了勝利。

她不會的工作，黃書友指導她做或是替她做。加班了，科長也陪著她。她根本不理會其他女同事的輕蔑和不屑——她們是在妒忌她哩！她沒有朋友，沒有生活圈子，心中、眼中只有黃書友，所以很輕易地接受邀請陪他看電影、吃飯、跳舞……她有一個很美的夢，認為在她學業沒有結束以前，可以先訂婚。當她把一切奉獻給他，才慢慢發現他是結過婚的男人。

懊喪得不想活下去。但黃書友安慰她：「不要急，我離婚後再和妳結婚。」

「什麼時候實現呢？」

「那要等妳畢業之後。」

她並不贊同這意見。結婚要等到她畢業；可是離婚的手續必須先辦啊！

話逼出來了。因為太太懷孕，必須等到生產以後——這話可靠嗎？有了孩子，那是黃家的骨肉，能輕易地把母親趕出門嗎？

娟娟看得出是騙她、哄她。而黃書友說，那是為了她的前途。如果事情做得太急，弄糟了，他太太會控告她妨害家庭，那麼她一生便完了。

「拖下去，會有什麼好結果？」

「當然有好結果。」他說：「等妳學業告一段落，妳有生活的能力，最主要的，是妳知道自己到底是不是願意和我在一起——」

「我說過願意，一百個願意。」

「但妳在長大之後，在學業完成之後，情況就不一樣了。」他裝得很認真：「我現在不答應，完全是為妳好……」

為她設想，為她好，可是時間拖得太久，媽媽發現她的生活不正常、情感不正常，更忙著要為她訂婚。

好吧，訂婚還可以掩飾自己的行蹤。媽媽認為她情感有了歸宿，就不會經常窺視動靜，管制她的進出了。

人選挑來挑去，揀肥揀瘦——橫豎不是真心相愛，只是找個人充數作幌子而已。袁井宏是個書呆子，人也挺老實，只要和他說上三句好話，就樂得暈陶陶的。他只曉得念書，對她的一切從不過問。在短時間的交往後就訂了婚。

她卻沒有想到，訂了婚以後，還有結婚這道關。袁井宏——不，應該說是她母親連連催她結婚；她再也搪塞不下去了。黃書友認為拖延是為她好，實際上卻是害了她。

現在她面對著他：「如果你是真的為了我，現在我們就去法院。」

「可是，可是，」黃書友站了起來，在屋中踱步。「法律不許我這樣做，那是重……重婚——」

她想起他以前說過「妨害家庭」的話，立刻反駁：「法律也不許我這樣做！」

屋中像罩了一層灰色的網，她看不清對方的面龐和身軀，只聽到他在屋中的踱步聲、嘆息聲。

他真的痛苦嗎？或許是他假裝的姿態。痛苦的應該是她。男人似乎沒有絲毫損失。他有太太，馬上又有孩子；而她的肉體、名譽、婚姻……都無法保全，和他糾纏在一起有什麼意思呢？

「嘟，嘟——」門鈴聲打破了靜寂。

她睜大眼睛問：「是誰？」

「不知道。妳先去房間躲一下。」

「我為什麼要躲？誰來都是一樣，我坐在這兒規規矩矩作客，安安靜靜談話，又沒有做見不得人的事——」

他跺著腳說：「假使……假使……」

門鈴又響了，響得很急，彷彿不讓人有把話說完的機會，他賭氣似地衝出門去。

娟娟咀嚼著他沒有說完的「假使」——假使他的太太回來……假使妳要和我結婚……假使妳真的關心我，顧全我的面子……假使要今後談判順利……

不是，這些都不是，不知黃書友心裡想些什麼。但她現在一切都不在乎了。

院中的黃書友，嚷嚷的聲音突然大了起來。「沒有人，我說過，家中什麼人都沒有。」

「沒有也不要緊，」粗壯的男聲。「我要和你談談——」

「我不歡迎你這位客人！」

「不歡迎我也要進去——」

娟娟霍地躍起，腦殼像是被鐵棒擊了一下，昏昏的要跌倒，搖搖晃晃才站住。這不是她的未婚夫袁井宏的聲音？他平時說話聲音很小，從沒有振起粗嗓門鬧嚷，所以一時聽不出。不，根本沒有想到他會來這兒——他怎會知道黃家的地址？

她是應該聽話躲一下的。現在既然袁井宏追蹤到這兒來，想藏匿也來不及了。

「你怎可以這樣無禮！」黃書友的聲音愈說愈高，還帶著威脅恐嚇的味道。「隨便闖人家住宅！」

「我不和你抬槓，等找到證據——」

娟娟已躍入院中，搶著問：「你要找什麼證據？」

三人互相瞪視，但黃書友驚訝的程度遠比客人要大得多。

「妳為什麼來這兒？」

「我為什麼不能來？」娟娟的怒火似已無法控制。「我連看朋友的自由都沒有了！」

「他……他是妳的朋……朋友？」

一陣火熱竄上面龐。袁井宏怎會知道這些，母親的話太多了。「你認為他是我的什麼人？」

「好吧！」黃書友突然開口了。「既然大家認識，進去談吧，不要站在這兒。」

袁井宏正趦趄著向內走時，娟娟生氣地說。「你進去談吧，我走了！」

「那我和妳一道走。」

「你為什麼要這樣纏住我，我根本不認識你——」

「娟娟，娟娟！」

「奇怪。」黃書友上前阻止。「她不認識你，你還在這兒胡鬧什麼？」

「我是她未婚夫！」

「不要自說自話了。」娟娟忽然覺得已按捺不住自己的情緒，進門後所受的種種鬱悶逐漸在心胸中膨脹，似已無法容納，亟需傾瀉。

「從現在起，」她憤怒地大叫，「我們的婚約解除了！」

「娟娟，請不要開玩笑！」

是開玩笑嗎？不是，當然不是。她從來就沒有喜歡過他。雙方既不了解，又無感情，空掛著這虛名有何意義。她和他訂婚，只是為了滿足媽媽的願望——媽媽全心全意要她抓住一個有前途的丈夫——家庭富有，本身念理工，而且可以出國深造——才把袁井宏在她感情最尷尬的時候，套在她頭上。

然而，袁井宏的心全部在書本上，也可以算是全部放在出國上，只是把她當作裝飾品。兩人同坐在咖啡室裡，無話可談，他就埋首在書本上，任她眺望四周。他們實在沒有理由牽連在一起的。見面既說不上三句話，離開後也不會思念或有魂牽夢縈的感覺，只是形式上的未婚夫。她除了心理上有欺騙他的歉疚外，沒有絲毫的情意。婚約存在，才是開玩笑，袁井宏永遠想不到這一點。

「這是真話。」娟娟的語調平穩。「老早就想告訴你了；但沒有料到在此時、此地，當著別人面前，和你談這樣正經事。」

井宏傾著腰桿愣視她，像一棵沒有枝葉的枯老樹幹，生機和青翠全被風雨剝蝕盡了。

「我不信，我對妳的一切都不相信。」他似乎從一陣迷夢中驚醒，對夢境中的離奇事實完全否認，「過去的那些傳說我也不相信。妳和我一道走吧！我們可以馬上結婚，現在先去談談……」

那些對面無話可談的情景，全部映現在腦海。在海濱、在大道、在餐桌上……都曾相對無言，心和心相隔兩層山，現在還有什麼好談的。

「你先走吧！」她勸告著對方，「其他的手續，我媽媽會辦的。」

他被她提醒了，彷彿從飄蕩的海洋中，倏地抓到一把浮萍。「妳母親不會同意的！」

娟娟覺得無法再和他辯論。目送著袁井宏走出大門，身上長時被疊壓的重負，似乎一點點減輕了。

她向客廳走去，黃書友跟著她，興奮地說：「妳真勇敢！這樣的結果太好了，我們今晚要好好慶祝一番。」

她走進門內，急速地轉身，面對著門外的主人。「有什麼好慶祝的！」語言中訝異夾雜著質詢。

「妳獲得自由了。」

「可是，你呢？」

「我……我也會有自由的一天……」

娟娟碎步走向長茶几，高跟鞋踏出的「篤篤……」聲，也無法擊碎他自欺欺人的謊言。他永遠不會自由，也不會爭取自由。現在只是利用她這隻迷糊的小雛雞，滿足他一時的「偷情」快樂。她搜索腦海中的記憶，想不起當初為什麼要那樣信任他，而使自己踏入黑色的泥沼。

她彎腰抱起自己的書本和皮包，向門外走去時，把皮包中鑰匙掏出，遞在黃書友的手中。剎那間腦中浮起屋中一切全不屬於自己的那種感覺；而她卻曾經幼稚地接受保存鑰匙的恩惠那麼長久。

「你應該收回了。」她冷冷地說。

「我真不明白！」他在室中走動，搔首撓腮。「以前和我在一起，妳總說對不起自己的未婚夫；現在妳自由了，為什麼還要急著離開我？」

娟娟仔細看著他的面龐，像要看出他是真的不懂，還是故意裝傻。

「我——」心底翻滾出來的話，吐在舌尖，她又臨時改變。「我已長大了。」

娟娟推開客廳紗門，踏出去的每一步，都重重踏在水泥地上。她隱約地覺得黃書友顯出失望的神情，手足揮舞地追蹤了兩步，才木然站住目送著她，正和剛才目送袁井宏離開時一樣。也許他永遠不明白她急著要離開的理由哩！她對自己說。

——一九七二年九月《中國語文》

輕輕的，不要弄出任何聲音。妳要像平時一樣：安靜、從容、步態自然、動作輕盈……

「噹——」面霜的蓋子，倏地從手中跌落，除發出意外的響聲外，還在賽鋼鐵的磨石子地面，畫了個半弧，才乖乖躺下。

范明婉伸一伸舌頭，彎腰撿取時，還扭轉脖頸，瞄了妹妹明芬的房間一眼。什麼都沒有看到。明芬躺在床上養病，不會因為一點兒聲響撐起來查察；再說她又是腿部受傷，行動不便，更不會多管閒事。

妳必須迅速地把一切準備好，裝得和平時一樣，等到顧惠年來了，提出請求，妳便輕飄飄地走出大門。

這樣想時，心中突地升起一縷歉疚之意。這雖然是顧惠年的主意，但要她和明芬的男友在一起遊玩，總覺得對不起妹妹。

她已把自己認為應該準備的服飾、化妝，全部辦理妥當，就等待顧惠年來敲門——低頭看錶，已超過約定的時間，這也許是個笑話。顧惠年隨意講的應酬語，講過就忘了，而她卻在這兒痴痴地等待。

顧惠年很早就和妹妹來往得很親密，如果不是妹妹摔斷腿，該已結婚多時。現在只是受了一點意外的折磨，兩人的情感顯得疏遠了些，妳這個做姊姊的，怎好憑空擠進那空隙！儘管以往有她的男友，忽然改變態度，圍繞在妹妹身邊，妹妹也和他們有說有笑，毫不考慮她的處境；但輪到她有這樣機會，卻無法像明芬那樣態度自然，輕鬆愉快了。

明婉在自己房間來回走動，拿不定主意怎麼辦，該像平時一樣：看書、做事，當作任何事件都沒有發生？

可是，發生的事終於無法避免，門鈴聲已嗡嗡鳴叫。用不著考慮，也沒有時間考慮，她箭步衝出房門，大聲問：「是誰？」

沒有超出預料，打開門，正是顧惠年。但還有一個又高又瘦的年輕人在一道，彷彿門旁突地多豎了一根竹竿。

進了門，顧惠年才為她介紹，那是黎立志先生。

她又感到迷惑了。顧惠年說是邀她去參加家庭舞會，怎又多出一個黎立志來。

惠年大聲說：「明芬好點嗎？」

「我進去看看。」

她沒有答腔，知道顧惠年是故意說給妹妹聽的。一方面覺得高興，另一方面也有點同情妹妹的遭遇。妹妹該想不到顧惠年變心有多快吧。

現在只剩下她，面對陌生的客人了，不得不找點話和客人聊聊。

「你們是約好來的？」

「小顧去家中找我，我忙得很呢！」

這是什麼話，大概只有顧惠年才能解釋黎立志的謬論。天下哪有當著主人面，說不願來這兒的道理。

「現在還預備去哪兒？」

「這……這不知道。」客人似乎從渾渾噩噩的夢中驚醒。「那要問小顧。」

明婉幾乎笑出聲，費很大勁才忍住。原來他是臨時請來的傀儡，既無目的而來，又不知往何處去。那麼，顧惠年何必多此一舉。

小顧站在妹妹房門口大聲叫：「明婉，請妳來一下好嗎？」

站起身，才想到小顧以前叫她是大姊長、大姊短，怎麼一下子改口，就這樣流利自然，彷彿一向都是如此稱呼的。

她走近門口，小顧已退縮到站在妹妹床旁，瞪著一雙小眼，滑溜溜轉動眼珠，彷彿第一次見面般地打量她。

明婉不知臉上或是身上出了什麼錯，感到怪不好受。連回看他一眼的勇氣都沒有——突然之間，覺得對他完全陌生，一點都不了解，怎會和他產生一種默契，站在妹妹身旁，要共同地欺騙明芬。

哦！原來是心理上的負疚，才使她抬不起頭來。

顧惠年對明芬嘅嘴。「妳告訴她啊！」

明婉順著方向，見妹妹臉上浮起一絲痛苦和尷尬的笑意。

「姊姊，妳陪他們去玩吧！」

「和誰？」

「當然是顧先生和黎先生。」

不知道小顧是怎麼對妹妹解釋的，妹妹很快相信便答應他的要求，也許是用黎立志找舞伴作藉口，騙妹妹上當。妹妹怎會想到：小顧是不願等待妹妹那條腿痊癒了——小顧聽醫生說那條腿很難復原，明芬也許永久是個瘸子，所以小顧的態度變了，找出種種理由和姊姊接近，這已是第五次要和長腿姊姊玩在一起了。

第一次是拿了兩張音樂會的入場券，悄悄說，那是為明芬準備的，但明芬躺在床上，眼看著無法行動，為了不使明芬受刺激，只有勞姊姊的駕代替前往。

說得多好聽，但她明明知道那不是真的。從小顧直愣愣盯著她瞧的眼神，就可以看出他口內說的和心裡想的完全不一樣。

她是應該拒絕的，但為了證實自己的看法正確，還是裝痴裝呆地赴約。同時也想替妹妹辨明小顧是不是愛情騙子，便接二連三地接受邀請，彷彿真的愛上了他。

今天，他又想了個新花樣，要徵求妹妹同意。明芬一定蒙在鼓裡，怎會想到傾慕她、愛戀她的顧惠年，早已變得離了譜兒。

明婉急速轉身，面向門外，背對著妹妹和小顧。大聲說：「我不去！」

「去吧，不要緊張。」妹妹勸慰著。「是自己人嘛，出去開開心，比悶在屋裡好得多。」

「我要陪妳，照顧妳。」

「不要關心我，把喝的、吃的東西都擺在我床旁的小桌上，我會照顧自己的。」還有什麼好推託的，能把小顧的謊言拆穿？現在沒有任何跡象或證據，憑空地提出，準會被妹妹和小顧笑死。他們都會笑妳自作多情，那時妳真找不到地洞掩藏自己了。

但妳為什麼要去呢？真想去試驗小顧是否對妹妹變心？如果確實如此，妳怎麼辦？

她說：「我對熱鬧的場合沒有興趣。」

小顧插嘴了。「我們可以找個幽靜的地方——」

明婉突地覺得自己的臉發燙，很明顯地，小顧誤會她話中的意思，以為她是喜歡和他單獨在一起。這用什麼話才能解釋清楚呢？

妹妹顯得很冷靜：「姊姊也該練習在熱鬧場合和大家相處了。」

這是什麼話。妹妹真把她看得一文不值，以為她怕人多、怕交際應酬。不錯，她感到自卑，但那是環境逼迫她如此的：男友一個連著一個來，也一個跟著一個去，怎樣也猜測不出原因，那麼一定是自己長相太差，得不到別人的欣賞；可是，他們最初怎麼會願意和她結識、和她來往呢？

她曾深夜檢討，也許是言語方面得罪人；或是態度方面，得不到別人諒解，所以在快到三十歲的時候，仍是獨來獨往，孤孤單單地生活。自己倒無所謂，但從妹妹說話的語氣和平時擔心的那股神色，就知道妹妹確是比她著急得多；但不該當著客人的面，使自己下不了台。

姊姊不願把心中的不快，表現在臉上，仍淡淡地說：「如果妹妹不會感到不方便，我就出去走一走。」

小顧和陌生的客人，在不同的方向同時鼓掌。明婉感到又好氣又好笑。她跳入他們挖好的陷阱，是自願的，該沒有什麼值得高興的地方，為什麼要用這方式使人討厭呢。

現在，不能再顧及妹妹的反應和小顧的態度，趁自己的決定沒有變更以前，趕快離開家門。

踏出大門幾步，黎立志便表示自己的意見。他對顧惠年說：「你們先去哪兒？」

「去我們的目的地。」

「可是，我說過，我的時間不多，現在已用不著我，我實在無法奉陪了。」

「不必性急。」小顧勸慰著。「到了目的地，你的任務才算完畢。」

可是，黎立志沒有接受意見，堅決地離開。他說有更重要的任務要去達成。

小顧問：「妳喜歡幽靜的地方？」

「人愈多的場合愈好。」

「那麼我們就去找黃富敬。黎立志已走了，我們改變計畫。」

明婉沒有答腔，她不知道如何去找黃富敬，更不知道小顧要如何改變計畫。現在隱約地猜測到黎立志是他們計畫中的主要配角，是時刻離不了的靈魂人物。

他們坐上計程車，直向郊區駛去；但明婉絲毫不感到怪異。昨晚分別時，小顧就告訴她，要去參加一個別開生面的舞會，路雖然遠些，人很多，很熱鬧，玩得痛快，而且很有意義。既然來了，當然不在乎有多遠，現在就看小顧變什麼戲法了。

車子停下，小顧突然對她說：「我們最好先不要進去。」

「去哪兒？」

「找一個地方談談。」

「但進去還不是一樣的談。」明婉突然想起妹妹說她怕人多的話。「熱鬧的場合，大家談得會更開心。」

顧惠年臉上出現猶豫的表情，可是，她沒有等到對方阻止，已打開車門跳下車。進了大門，通過甬道，見是一個很大的院落，地上鋪著柔嫩的草坪。草坪上坐了許多男男女女，說著、笑著，像是無憂無慮，每人都在這兒生長似的。

院角有燈光照射著四方，小顧領她在背對燈光的地方坐下。

明婉問：「這麼多人都是來參加園遊會？」

「當然。」

「這兒主人是誰？」

「不知道——」他像隨即發覺言語矛盾。「是黃富敬的一個什麼親戚。」

「那你怎會按時來這兒？」

「是黎立志通知我的。」

「不對！」明婉大聲尖叫，憶起黎立志說很忙，而且不知道往何處去的回答，忽然覺得心中升起了受騙的感覺。「黎立志現在又去哪兒？」

「他還要各方面去拉朋友來參加這盛會。」

似乎有點明白了，但也覺得更糊塗了。黎立志不是說過，他很忙，沒有時間陪伴他們，怎會有時間去各方面拉朋友。

明婉問：「你也是他拉來的。」

「可以這麼說。」他停頓了一會兒，彷彿突然想起什麼。「我是主人邀請的。」

「主人呢？」她滿眼搜索廣大的園地，想找出誰是主人，為什麼要舉行這盛會？同時還希望能見到熟識的人們。

「現在太忙，客人又多，等一會兒，他們會到這兒來的。」

她不想再多說了。聽到「他們」兩個字，就想到主人和主婦會同時來招待客人，那樣她就可以多多了解這聚會是什麼性質。

服務的小姐不少，拿來點心和飲料。可是，她沒有心情吃喝，隨手將紙杯放在身旁的圓桌上，繼續觀察成雙成對的男男女女。

當然，她也注意到小顧的緊張態度，不時地互搓兩隻手，喉頭骨嘟嘟響，似乎有不少話要說，都被嚥了回去。

明婉打破這沉寂空氣：「大家都呆坐在這兒等什麼？」

「等待愛神。」

她猛吃一驚。「愛神是誰？」

小顧笑著搖頭。「誰知道。」他想了一想又說。「今兒說是舉行愛情大會，誰都有資格作愛神。」

這又使她感到迷惑。第一次聽到有這樣名稱的會；參加的人諒都是為了追求愛情；那麼，小顧要她來這兒又是為了什麼？他是一直追隨在妹妹前後左右的，陪著妹妹在這兒算正經。現在和她坐在一道，如真向她表明愛意，這絕不是她自作多情了吧！

確實有問題，第一次邀她參加音樂會，她以為是偶然如此，但從連續的事例中可以看出，那是找機會接近她；但妹妹怎麼辦呢？妹妹是搭坐他的機車，才出事的啊！

沒有等到男主人作個別介紹，忽然之間，有一個高大的男人跑到院子正中央的圓台上向大家報告。

人聲嘈雜，也沒有用擴大器，誰也聽不清。似乎大家不願聽他講述，都在忙著談論自己的什麼緊要事。

她問小顧：「那就是節目主持人？」

「嗯！」

「他說些什麼？」

「報告籌備經過。」顧惠年想了一想又說：「他還說明他的目的。」

「目的？」

「是的。」小顧笑了笑。「他願天下有情人都成眷屬。」

明婉彷彿被擊了一棍。誰知他說的是真是假。他們同坐在一起，為何她就聽不到報告的言詞。院中有將近五十對男男女女，他們的情感也許已到了談論婚嫁的階段；而小顧是明芬的男友，和她什麼都未談過，怎能成為眷屬。

「這兒都是愛情俱樂部的會員。如果妳不相信，」小顧用手一指。「可以問黎立志。」

「你別胡謅了！」

不錯，黎立志真挽著一個年輕而漂亮的女孩，向他們身旁走來。大概是從光亮的地方剛踏進這黯淡的園地，不能適應，所以仍沒有看到他們。等到發現時才大叫：「你們在這裡，我們要另找地方。」

她真希望能有多人和他們坐在一道，但顧惠年沒有挽留，而黎立志也無意坐在這兒，已匆匆走過。再沒有發問的機會了。但心底深處仍存著無數疑問：黎立志怎會臨時拉來這個女伴？為什麼不願和熟人在一起？如他和小顧都是俱樂部的會員，那麼，她來這兒，又算是什麼？

忽然，她覺得院子裡氣氛很沉悶，急需離開這特別的場合。事實上和等於是陌生的小顧在一起，根本沒有什麼好談的，不如回家休息，照顧妹妹。

她說：「你坐一會兒吧，我要先走了。」

「怎麼能走呢？我們最要緊的話還沒談。」

這麼久了，都沒說過一句正經話。她要走了，就有話要談，豈不是怪事。

「那麼，你說吧！」

小顧想了想才靜靜地看著她的面龐問：「妳覺得我這個人怎麼樣？」

那是該問妹妹明芬的，怎麼問起她來了。她勉強點點頭。「還不錯。」

「妳討厭我嗎？」

她沒有仔細研究過對方，更沒有拿自己衡量別人的尺度來衡量小顧，這叫她怎麼回答。

為了表示禮貌起見，明婉微微搖頭。

「這樣說，妳一定是喜……喜——歡……」

不想聽下去，對方結巴了半天，也說不下去。明婉只想到妹妹明芬，該如何的難過。早早晚晚見小顧圍繞在她們家，陪著妹妹念書、聊天、吃飯、看電視等等，妹妹的腿才摔了不久，就纏著姊姊問長問短，以往對明芬的情誼到何處去了？她從心底嘆了一口深長的氣，覺得人心澆薄，愛情無價。但另一方面也覺得很高興，她預期出現的場面和言論，終於出現了。從來沒有人對她說的話，而漂亮、年輕的妹妹的男友，終於向自己坦白說出了。

「可是，現在我們還不能談這些，我要回家照顧妹妹——」

小顧攔住她的話頭。「妹妹不要照顧了。妳看！」他用手臂往男主人的方向指著：

「她不是來了！」

明婉有快要暈倒的感覺。妹妹摔倒以後，說腿的傷勢很重，一步都無法移動，怎會在此時此地跨上圓台，擔任主角？

不，她分不清妹妹是擔任什麼角色。男主人和她並肩站著，她雖然扶著拐杖，但看起來毫無倦容，根本就不像是一個跌斷腿的人。一點沒有錯，明芬已拋去拐杖，擁著男主人的腰桿，彷彿是連體的嬰兒，無法分開。

明婉迫不及待地問：「那主持人是誰？」

「黃富敬，妳怎麼不認識。」

再仔細辨認，隱約地看出那是以往常常來找妹妹的高個子。但從記憶中搜索，從顧惠年勤來走動起，他已很少和妹妹來往，今天怎會同時出現在圓台上！妹妹的腿又怎樣了，她離家只是一會兒工夫，妹妹就能動、能站、能走路了。

當然，最感到奇怪的是，黃富敬怎會在離開妹妹那麼久之後，又親暱地站在一起。而顧惠年對黃富敬怎能毫無妒意，彷彿是預先知道他們會如此對大家說話，這又是為什麼。

「不錯，我認識黃富敬。」明婉急想探明真相。「但你怎會認識他？」

「我和他是同學。」顧惠年笑著說。「妳忘了，第一次去妳家，還是他為妳介紹的。」

這怪誰，自己的眼睛和記性都太壞了，沒有把見過的人記牢，更沒有分清關係，現在像是墜在濃濃的霧靄中，分不清南北西東。

實在說來，自己並不是如此糊塗。因為她不清楚客人到家中來的目的，一律用拒絕的態度。如果一不小心，客人就是為「相親」而來，纏著要郊遊、約會，接著就是戀愛啊、結婚啊，煩都煩死了，不如一概不理。

啊，明白了。就是由於她用不理不睬的態度，對待介紹的男士，所以妹妹才串通黃富敬，硬裝著和顧惠年交往，不知不覺地把顧惠年硬塞給她，使她來不及推阻，而陷入愛的陷阱。

現在，明婉仔細打量顧惠年，對方也默默注視著她。目光相遇時，顧惠年低頭似在虛怯地避開。

她很懷疑自己的猜測。如此的做法，會得到預期的效果？顧惠年有把握贏得愛情？

小顧曾不斷地在她家走動。有一搭，沒一搭地找話說。為了要應付妹妹的男友，她不得不敷衍幾句，但心理上始終沒有什麼印象。直到邀她參加音樂會，她才發現小顧的話，不是一般的應酬語，能句句打入她的心坎。

他問：「妳有沒有參加保險？」

「你是指保壽險？」她內心感到老大不高興。在女孩子來說，三十歲是個敲喪鐘的年齡；但距離生命的終站，卻還有很長一段路程。

「不是。」

她好像聽說過，除了壽險以外，還有什麼火險、物產險……等等，可是她對自己的一切煩惱透了，哪有心情研究那些久遠的未來。但這心情不便對小顧明說，只用不經心的語調問：「那要保什麼？」

「該保妳的一雙玉腿。」

突地感到「迷你裙」太短了——同時又覺得太長了。小顧的目光正停留在她的膝蓋上。她只能用皮包遮蓋住光裸的部分。臉上雖然有點熱辣辣的不好受，但還是第一次聽到男孩子用這種方式來讚美她，心裡有說不出的欣喜；不知不覺間彼此的距離，縮短了一大截。

儘管如此，心中對妹妹仍有很大歉意。小顧不應這樣說，妹妹比她年輕，比她甜美，在處世方面，更不酸不怪，處處討人喜歡。不像她這樣，絕不遷就別人意見，也看不慣別人虛偽言行。她不知小顧的話是真是假，但自己確是認為雙腿又長又直，可是從沒想到去保險。

她說：「那是外國電影明星的『傑作』，我們中國人，不興這一套。也沒有哪家保險公司承保。」

「我來開一家保險公司。專保妳的……」

明婉看他一眼，那句露骨的話才沒說到底。但她已完全了解那話中的含義。當時只想到，妹妹聽到這句話怎麼辦？她怎能接受小顧的愛意。

「黃富敬介紹你時，你就打這個壞主意！」她問。

「怎麼是壞主意？」小顧立刻否認。「我是要直接認識妳，和妳交往的，可是妳妹妹說——」

「明芬也參加你們這一夥！」明婉胸中的氣往上升。「她說什麼？」

「她說必須繞一個圈子，使妳無意之間……」

為什麼不說下去；是無意之間跌入陷阱，墜入情網，難道小顧真的有這樣自信，認為她已愛上了他，要在這愛情大會上掀開底牌，馬上就可以達成願望。

明婉搖一搖肩上的長髮，覺得一切不可思議。妹妹真是如此善意地關懷她，怕她變作永遠嫁不掉的老處女，所以才串通黃富敬，演這幕滑稽劇；但她的腿傷得那樣重，怎會好得那麼快。

她探視台上的明芬，表情和動作，都不像在家中那種愁眉苦臉的樣子。有說有笑，彷彿正被愛情的箭射中，飄飄如仙。

她突然想起，急遽地問：「你說的『愛神』是誰？」

「就是明芬啊！」

「可是她的腿呢！」

「妳真上了大當嘍！」顧惠年得意地狂笑。「右腿只擦破一點皮，為了方便我們，才裝成跌得很重！」

對妹妹如此的苦心，想出各種辦法成全她，應該感激才對；可是，她聽不慣小顧的腔調（穩可獲得勝利的那種姿態），心中隨即升起很大的反感。覺得妹妹和外人連成一線作圈套，不透露一點內情，太不把她當姊姊看待了。

她仍淡淡地問：「她作愛神會成功嗎？」

「這很難說。」小顧凝視著她的面龐，似乎已發現她的反應冷淡。「她只是給大家一個機會，完全看各人的發展和表現，有時候，機會是很難把握的。」

「可是，誰都沒有聽他們說什麼，看！」她的嘴向前呶。「他們已下台了。」

「演說不重要。接下去有很多餘興節目，可以給大家很多機會。」

掌聲和跳舞的音樂聲，彷彿是同時在各個角落播散。黃富敬和明芬筆直地走向這兒來。明婉告訴自己，她不要跳舞，不要參加任何餘興節目，更不要接受「愛神」的任何解釋——在此時此地，她不願也不能和妹妹吵架。

她立刻站起對小顧說：「我要回去了，再見。」

小顧像是沒有料到她的舉動，也許黃富敬和明芬都沒有安排這一著棋，所以他才不知道如何應付。她已走了兩步，小顧才緊跟著說：「妳該等到主人來了才走。」

「我不見任何人。」

「明芬呢？」

她用不著回答這樣的笨話，只是迅速移動腳步，用事實證明自己急於想離開這兒。

小顧見她沒有作聲，又搶著上前說：「送妳回去吧！」

她本想說：「你還是留在這兒找機會吧！」但到舌尖的話，仍然忍住。衝出園門時，仍聽到小顧的笨重腳步聲，緊貼在身後響著。不知為什麼，她心中突然升起要痛哭的感覺。

——一九七一年二月《聯合副刊》

生命和死亡

冤枉啊，真冤枉。你們一定要聽我說，我沒有故意把陳美美推下海，是她自己不小心，從懸崖上跌下去的。當時我急得要命，連衣服鞋襪都來不及脫，忙著跳下海去救她。儘管我不會游泳，但為了救人，也顧不了那麼多；可是等我繞了一個圈子，到達她的身邊，她已被海浪捲起，撞在岩石上。

我從浪花中抓住一隻胳膊，費了很大勁，才把她拖在波浪打不到的岩石上。隨即發現美美額角被撞了一個大洞，不住淌血，這可叫我慌透頂了。美美被海水灌得似乎已停止呼吸，而流血不止，生命也不會拖得很長。

先用人工呼吸，想把美美的生命喚回，但很久都沒有效。眼看著她直挺挺地躺著，也不設法使她額角的流血停止。一個人的氣息已斷絕了，怎在乎身上的血，流多流少呢？

我全身的衣服雖然濕透，但還是半蹲半跪地守在旁邊，等著她呼吸、說話、走路……，愈等愈沒有希望，才跑到警察機關報案。如果我是一個沒良心的人，一走了事，誰都不知道和陳美美在一起遊玩的是金志富；也不會受現在的冤枉，指我是殺美美的凶手。

說實在的，我不明白美美是不慎失足落海，還是故意跳下懸崖；但可以發誓說明的，絕不是我金志富下的毒手。我和她無冤無仇，認識還不到二十四小時，沒有殺死對方的理由；何況我自己也不想活了，就是為了要到海邊，了卻殘生；哪有殺死別人的心情。

空口說幾句白話，大家一定不會相信；連我碰到這樣稀奇古怪的事，也會懷疑三分。何況大家對我的身世、個性、生活環境等等，都不了解，更要指我是殺陳美美的惡漢了。

本來，我是在一家很大的公司裡當廚師——為了不想連累別人，公司的名稱我也不必提了——做了三年多。一來待遇不錯，二來我沒有不良嗜好，所以慢慢積蓄了一筆錢。

那筆積蓄，說起來數目不大，才十多萬塊。我把它存在公司裡拿利息。這時候我挺寫意。又收利息，又有薪水。可是好景不常，和我共事的另一個廚師，看得眼紅，在人前背後，硬說我買菜時揩油，菜也燒得不衛生，色香味俱無，不合大家口味。

提起這件事，我心中的怒火就往腦門冒。廚房裡衛生不衛生，吃飯的人也許看不到；但我燒的菜，端在桌上，大家看在眼裡，吃在肚裡，怎能算是口味太差。說正經的，我懷裡搋把刀，走遍大江南北，沒有人敢說我的烹調技術，趕不上人。大小飯館進進出出上百，沒有哪個廚房的大師傅、小師傅，說我的技藝不如人。

既然現在有人嫌我燒的菜太鹹、太淡、太酸或是太辣。老闆大概聽到了，連吃在口裡又香、又脆、又甜的菜餚，也變得不能嚥下肚了。謊言這麼可怕，我哪有許多時間、精力和妒忌我的人爭鬥，一氣之下就辭了職。

辭職不幹的事挺平常。我有高明的手藝，不愁找不到僱主：何況有不少第一流的飯店，要我去掌廚。就是沒有人請我，我有十多萬的本錢，可以租間房子，開個小飯店，不想賺大錢，只要餬餬口過得舒服。那樣，價又廉，菜又香，食客會一天天多起來，不愁沒有發展。

我的構想不錯，只是稍微猶豫一下，便全部打破了計畫。因我等待一家有名的飯店，聘我去當廚師。待遇和條件，還有一點點距離，我遷就對方一點就好了，沒有。我希望獲得全部勝利，雙方弄僵，談判便破裂。

少了一家雇主，我一點都不在乎，可是就在談判期間，我栽了一個很大的觔斗，便永遠爬不起來了。

當時，我住在一家旅社裡。因為離開那家公司，想在旅社臨時歇歇腳，等新主人的條件談好了，就搬出去。誰知談判一天又一天地拖下去，我閒得無聊，便和對面房間的兩個客人玩四色牌，輸贏不大，總是我贏錢。

陌生的二位旅客，非常羨慕我的運氣好，打牌的技術高。其中一個斜吊著右眼的年輕人，突然想到好主意。

他說，在他們家附近一個有錢的地主，生了一個傻兒子。把土地賣了一半，用一只大皮箱裝著鈔票，到處找人賭。贏了大請客，輸了再回家用皮箱裝錢。

另一個矮胖子插嘴問：「傻瓜賭錢的技術好不好？」

「技術不好，可是傻人有傻運，場場贏錢。」

矮胖子表示不相信。「運氣再好，還能比得上這位大財神！」

我對這陌生人，把我捧成大財神，一方面高興，一方面驚奇。我有錢，他怎麼會知道？難道是因為我贏了他們的錢，他們就認為我是財神？

斜眼睛說那有錢的傻瓜手運好，矮胖子確定我的財運高；兩人抬槓抬得面紅耳赤。後來放棄辯論，伸出拳頭要比力氣。

最初看他們爭辯得熱烈，覺得很好玩；見他們動武，我才把雙方拉開。但他們還是互不服輸。

斜眼睛說：「那傻瓜就住在這旅社，我們可以請他來，和大財神較量、較量。」

我還沒來得及阻擋，矮胖子舉雙手贊成。

「傻瓜雖然傻，」斜眼考慮著說。「可能不願離開他的房間——離開他滿箱的鈔票。」

胖子說：「他不到我們這兒來，我們可以到他那兒去。」

這未免不像話，我也不能離開自己房間，準備開飯店的資本，全部堆在房間裡；假使到別處去較量賭運，有個差錯，丟面子還是小事，我一輩子的發展和前途就完蛋了。

「不必去較量了。」我說：「管人家有沒有傻運，還是管自己的事要緊。」

斜眼見話風不順，連忙開口。「傻子仗住他運氣好，本錢足，去任何地方賭錢都不怕，我想，他一定會來。」

「如果他怕錢丟了，」胖子建議。「你叫他把大皮箱抬來。我們大家幫他看管，保險丟不了。」

斜眼像隻兔子似地竄走。我想，再傻的傻瓜，也不會抬著鈔票和人賭錢，所以沒有把他們的話當真；但一會兒工夫，斜眼真的和一位拎著大皮箱的高個子進來了。

高個子瞪著一雙傻愣愣的大眼，不住地打量我和胖子，以及我住的房間，彷彿是在懷疑我們要搶他的鈔票似的，準備撤退的後路。

傻瓜找到當門的座位，把皮箱擺在椅子上，屁股就擱在箱蓋上，不肯離開。

由斜眼決定賭骰子。三個人下賭注不大，我作莊家，吃盡了他們。

矮胖子見我贏錢，一直很高興，連連眨眼，表示他的看法正確。我也覺得很高興，和飯店老闆的交易談不成，能在旅社裡賺點外快，把這空閒的幾天伙食費和房錢抵過去，也不無小補。

可是，那結實而又高大的傻瓜不服氣。從懷中的插袋裡，掏出一串亮晃晃的鑰匙，揀了兩把，打開皮箱的兩道鎖。

揭開箱蓋，確是嚇了我一跳。因我從來沒看過那麼多、那麼新的一疊疊鈔票，塞滿大皮箱。每張票面都是一百塊。我苦了一輩子，積下來的十多萬塊錢，大概只能擱在他的箱子角落。

傻瓜順手在箱角抽出一疊大鈔，往桌上一拍。大聲嚷道：「我們好好幹一下！」大皮箱又用兩道鎖鎖好。傻瓜還借幾張大鈔給斜眼和胖子，便開始賭輸贏。

賭注比剛開始時大得多，我有贏也有輸。但因看了滿箱鈔票比較安心。最初沒有在意，後來發覺身上的零錢輸光，到我的旅行袋拿大疊鈔票出來扳本時，確實有點心慌。但矮胖子一直和我擠眉弄眼，要我下大的賭注，把皮箱的鈔票全贏來。

然而，傻人真有傻運。他擲的點子，總是比我大。我愈是不服氣，錢輸得愈多。天快曚曚亮，我的錢輸光了，冷汗和熱汗，順著褲管往腳底板流。一大疊、一大疊鈔票，是經我的手，輸給別人的。看著斜眼，幫著傻瓜把我的多年血汗錢，捧往人家的房間。當時我真想大哭一場。幸虧矮胖子在旁勸我，我才沒有難過得大哭大叫。

他說：「輸贏是常事。你現在先休息一下，養養精神，等到天亮，我們再和他扳本。」

「如果傻子贏了錢裝孬，天亮就離開這兒，哪有扳本的機會！」

「你放心，我們現在就去要他這贏家請客。」矮胖子的主意不少。「你關起房門養精神。我們兩個和他喝酒、猜拳，鬧得他醉醺醺的，不愁你的錢贏不回來。」

雖然我覺得這辦法不大對勁，但一時也想不出好主意，只有接受他的建議，盼望天亮以後再有扳本的機會。

儘管關起房門，靜靜的，一點聲音都沒有。可是我的心中、腦中以及耳中，滿是「么、二、三」、「四、五、六」的鬧嚷聲。既後悔不該和陌生人賭錢，又愁天亮了無法扳本。根本睡不著，連眼皮兒都無法閉一下。好不容易聽到旅社的各個房間裡有洗漱、走動以及講話的聲音，我也開始起床。急急忙忙打開門，見對面的房間的門是敞開的。

進門查看，沒有斜眼睛，也沒有矮胖子。我想，一定仍在傻瓜房間鬧嚷，實行矮胖子的計畫。找到傻瓜的房間，也是空空的，全身便涼了半截。眼睛直冒火花，不是扶著門框，一定栽倒在地上。

贏了錢，當然可以離開旅社。查問旅社服務生，才知道他們三人是一起住進旅社，分住兩個房間。他們沒有行李，只有一只箱子，連房錢都未付，天沒亮就溜走了。

傻瓜並不傻。我才是個天大的傻瓜，遇到高明的騙子，被詐賭騙取了血本，還一直認為自己是賭輸了，有機會可以贏回來。

這的的確確是事實。我還向當地的警察派出所報了案。如果你們不信，去查查案就可以明白我被騙的經過。

警方仍在查緝騙徒的行蹤。據說，已有三起騙案和我被騙的情形差不多。都是為了想用自己聰明的本領，去贏傻瓜的錢，結果都被傻瓜贏走了。不論傻瓜的骰子，有沒有灌鉛心，但我的心眼兒不正，是被騙最大的原因。

問案的警員告誡我一場，我真是口服心服。但回到旅館，想想自己辛苦多年的血本，一夜之間賭光了——被三人合作騙光，真是不服氣。再想想未來的計畫落空，前途渺茫。原來以為開個飯店，經濟和事業有了基礎，可以娶妻生子，享享老福，現在全完了。

算來算去，覺得一個人孤孤單單的，活下去沒有意思，突地想到沒有臉見親戚朋友，不如乾脆死掉。

把房間的帳結算完畢，身上只剩拾元的一張鈔票，剛好夠我坐車去好友吳良平的家。吳良平一直埋怨我貪財，因小失大。又怪我任性，沒有接受菜館的聘雇，所以才落得如此下場。

儘管知道這是好朋友說的實話，句句是金玉良言；但心底下仍感到不是滋味。實際上，我自己心中所產生的慚愧、悔恨的感覺，遠不是吳良平能想像得到的。

默默接受了好友的譴責。吳良平留我住下，供給我食宿。知道我身無分文，還借錢供我零花。並且答應我多方面找雇主，能使我早日回到廚房，發揮我的才能。

我和吳良平，以往曾在一起工作過，他知道我的脾氣和刀鏟下的功夫。他安慰我說，失業不會太久，一會兒我就可以上班顯本領，我自己也是這樣打算。如果有工作，也許會很快彌補我心靈上和金錢上所受的打擊。

等了三天、五天、十天……很快的半個月過去了。我在吳良平家住著，除了吃飯、睡覺，難得說話。吳良平有太太，還有三個孩子。吳大嫂操理家務，忙得團團轉，還要照顧我這個額外的閒人，我心裡真過意不去。同時覺得自己活了四十八歲，還沒有成家立業，愈想愈感到活得沒有理由。在旅社受騙後，那種想早死的念頭，時時纏繞著自己，刻刻和自己反覆爭辯。

求早日解脫的想法，終於獲勝了。

吳良平大概已看出我的志氣消沉，態度冷淡，處處安慰我，勸導我，要我放寬心思，不日就可以回到廚房工作。

由於我日夜計畫的解脫方法，牢結在心頭、腦海。吳良平勸慰我的話，當然鑽不進耳朵。

我向他又借了一筆錢，說是到另一位姓梁的朋友那兒去，談談合作開飯店的事。錢借給我了，但他不放心我獨自出門，要送我到梁家去。我推辭不掉，但為了能順利地實現我的計畫，在台北火車站人多的地方，他去買票，我卻趁隙跨上一列行駛方向相反的火車。黃昏到了基隆，我又住進旅社。

當然，我不會在旅社賭錢——這時已無錢可賭了，但心中懵懵懂懂地卻想到，能突然撞見那三個騙徒多好。

怕在飯店碰到熟人，所以悶在旅館裡叫酒、叫菜來吃。吃完，便在等待死亡。

如果安安靜靜等死，就一切問題不會發生了；但我覺得這樣死法太單調，必須在死亡前夕，領略人生的一些真諦，不要在世上空活了一場。

旅社的服務生，替我召來了一位小姐。高矮肥瘦美醜我都不管，只要求她陪伴我看電影、逛夜市，然後共度良宵。可是那又粗又黑的年輕女郎，沒有那種雅興，更嫌浪費她的「寶貴」時光，立刻搖頭，悻悻地離開。

連連召來兩位小姐，都嫌我的條件太苛，不肯同意。我自己也覺得無趣，付清房錢，離開旅社。走到門口掛「綠燈」的地方。進了門，就看到美美（後來才知道她的名字）坐在那兒和幾個同伴打牌玩兒。

她的年紀不小，看來已三十出頭，但還有一股嫵媚勁兒，所以我就找她；她也同意我的條件。

於是我們看了一場電影，片名叫「同命鴛鴦」。電影散場，我們像一對情侶似地一同逛大街，然後在一個飲食攤上消夜。我點了菜，要了一瓶高粱酒，她喝的酒不多，倒吃了一碗麵。其餘的酒，都被我喝了。

因為她假裝我的伴侶很成功，使我在臨死前夕，度了一個愉快的夜晚，所以在第二天早晨，我付了雙倍的費用。

她當然不知道我身上留下來的錢，死去了沒有用，所以才花得爽快；看樣子，她感到又高興、又驚奇。

在我離開的時候，我說我要到野柳風景區去遊玩，問她是不是願意同去。彷彿她知道那是一個名勝地區，卻從沒有去過，她說：「如果你要我去，我就陪你去。」

「好吧，我們馬上就出發。」

「現在不行。」美美立刻皺起眉頭。「我媽媽要來看我，我馬上要去車站接她。」想不到她還是個孝女；我當然不能耽誤她的正事。我問：「什麼時候可以去呢？」

「下午一點。」她又皺起眉頭。「我還要準備一些錢，送我媽一些吃的、穿的、用的東西。」

我明白她的用意，又加給她一倍費用。並約定下午一時，在車站碰頭。

走出美美居住的地方，無目的地在大街小巷兜圈子。消磨這不算長的時刻，使我領會到「等死」的滋味不好受。有好幾次要打消解脫自己生命的想法，立刻坐車回吳良平的家，向老友哭訴、懺悔……

但美美偽裝成我的愛人或是親人，陪伴我在遊客眾多的風景區出現的慾望，使我擺脫不了死亡的誘惑。我逛菜市場、商場、書店，像一隻無頭的蒼蠅亂鑽。最後在一個地攤上，用一枚枚角子買了圈圈，在套泥人、瓷狗、洋娃娃等玩具，打發了最後的時辰。

美美真的來了，打扮得很漂亮。撐花傘，穿高跟鞋，手提棕色皮包，看起來很像金太太——配得上我這個又窮又沒出息的金志富。

我心滿意足地陪她吃午飯。因為天氣熱，她喝了一瓶汽水，我喝了一瓶啤酒。我的意思是說，我沒有喝高粱酒，我就不會醉。

到了目的地，在來往遊客像趕集的風景區，就覺得我們已非常渺小了。尤其見那波濤奔騰的大海，一個個巨浪躍起又摜下，彷彿一定要把那突出的山石洗平、削盡。

我和美美看了許多怪石之後，同坐在一個突出的岩石上。浪濤不斷在我們下面咆哮、衝擊，但我隱約地覺得死亡在向我招手、呼喚。

這是我必須宣布來這兒的目的最好時機。我說：「美美，我要告訴妳一個驚人的消息！」

「我不怕，你說吧。」

她是不用怕，我們坐在紅色的警戒線之內，非常安全，她絕想不到和她同坐的人，要想跳出警戒線之外。

「我覺得活在世上，沒有意義了。」仍怕嚇了她，我說得很委婉。「所以，我要告訴妳，妳必須一個人回去了。」

她還沒聽懂我的話，心不在焉地問：「你準備去哪兒呀？」

「我要跳下海！」

美美側轉身看了我一眼，捏著鼻子嘻嘻笑。「你想死？你真的不想活了！」

這種反應，完全出乎我的意料之外。我內心的痛苦和絕望，她沒有絲毫的體會和同情；相反的，她似乎在譏嘲和侮辱。

「和妳生活了一朝一夕，我馬上離開這世界，妳不感到難過？」

「難過？」她笑得更厲害了。「像你這樣喜歡玩，又是花天酒地的男人，會想到死？」

她倏地站起身來，走了兩步，已超過所畫的紅色警戒線了。又回過頭對我說：「你們吃喝玩樂的男人，哪裡曉得吃盡苦頭的我們，是怎麼過日子。我才真正的不想活哩！」

我不信她會跳海，正像她不相信我會自殺一樣。她走在往海面傾斜的岩石上，是愈來愈危險了；而且她穿的是高跟鞋，危險的程度，更要加大幾十倍。但因為她的言語和態度，都激怒我絕望的心情。所以，我沒有用言語警告她，也沒有採取緊急的措施，跳起來抓住她。認為她有足夠的本能，維護本身安全；即或是跌倒了，美美應該有力量爬起來。萬一跌下水去，這是海邊，諒一時不會淹斃，使她喝點水，要她領略一點蔑視別人的苦頭。

最主要的還是我在那緊急的剎那間，忽然想起美美對我的情意，完全是假裝的，而且處處勒索我的金錢。雖然我是自願把錢交在她手中，但我把整個生命的愛意和體貼放在她身上；她待我卻像對待任何狎客那樣輕飄飄的，不重視我要不想活的念頭；一點情感的成分都沒有，像我這樣的死亡對她毫無關係一樣，我為什麼還要關心她的安全？

真的，美美的鞋跟，確是滑了一下，她的身體跟著顛躓了一下，便像一根燈草一樣，輕飄飄地向半空、向海面下墜、下墜、下墜……

此刻，我仍僵坐在警戒線內，腦子所想的確是非常怪誕，認為有一個陪我共赴黃泉的伴侶了。我花了錢邀她遊玩，已獲得我所希望的更高代價。如果我輕易地跳下海，陪伴在我身邊的美美，多少有點麻煩，現在她先我而死，不是已解決了我死後的一切困擾？

不錯，我不但沒有推她，仍愣愣地坐著，看美美滑向海面。當我自己躍起想追隨美美於海中時，突地領悟到：美美沒有陪我死亡的理由；而她一定不想死。她對她自己生活的方式，諒是非常滿意，沒有絲毫愁苦的表情和悲觀的論調。美美是沒有料到在傾斜的懸崖上漫步，會有多大危險，所以才失足落海。……我不能跟著她往下跳，必須救起她，將她安頓妥當，才可以按照我預定的步驟，解脫我的生命，以免被誤會我是找人陪葬，以免別人說我是殉情而死、謀財而死……

上面我已說過搶救美美的方法和經過，可是她始終直挺挺的不吭氣，大家硬說我是推美美下海的凶手。不然，在那警戒線外的斜坡，有二、三公尺寬的距離，不想自殺的美美，怎會穿高跟鞋踏過那段危險的懸崖！

大家都說我，是拉一個陪伴我在風景區自殺的人；只有美美能證明我的清白。但美美再不肯說話了。

現在，我已改變我原來的計畫了。因為當我跳下海，全身衣服濕透，冰涼的海水浸入我的心肺，而我拉著奄奄待斃的美美，而美美是那樣掙扎著求生，我忽然領悟生命的可貴。我告訴自己，要活著把冤枉的殺人罪說明白；但誰會相信我這一段真實的自述，又有誰能體會到，一個全心全意想投入死亡的人，在看完他人全部死亡的過程，突然驚醒的心理狀況呢！

——一九七一年二月《中華副刊》

窄巷，如蜿蜒的豬腸，彷彿走不到盡頭。

灰褐色新鞋，前後擠腳，熱辣辣；跟高二寸半，不習慣地顫巍巍。

胡湘玉馱著一百二十個不舒服，在腸巷內跌跌撞撞。猛抬頭，見丈夫高大川和兒子念華，比賽似地在前面大步跨著。她落後足有一艘大船那樣長。

噢！船頭到船尾，船尾到船頭，來來去去三年多。很難想像，大川是如何消磨那許多歲月。她自己在晨昏的陰暗角落裡，顛倒地數著那成串的空虛、寂寞和微微的憂懼。看不到影子，聽不見聲音，摸不著形體；只有從遙遠的海洋上，寄回綿軟軟的照片。雖然每次感到新穎；但和掛在牆上藍色鏡框的那幾張一比，便覺得胖了，黑了，也憔悴多了。

裝在藍鏡框內的是結婚照片，有大川也有自己的形象。雖已褪成灰黃，還溢射著藍色的夢境和生命的氣息。不願比，也不想比，現實壓著自己喘不過氣來，便把鏡框放在五斗櫃最下層的抽屜。似乎已把結婚那事實，埋藏在最深的記憶之窖，永遠無法出現在目前。

但那是無法掩飾的。大川和念華在她前面走著，只有一條船那樣長。互相說著、笑著、跳躍著，徬徨天生就是父子倆，任何人都無法擠進他們的生活中。

如果不是新鞋擠腳，她會緊跟在父子倆的後面；走出窄巷，坐上公共汽車，一會兒就到張子寬夫婦家，用不著在此地活受罪了。

不，她是不想去張家作客。張太太是她同學，嘴尖舌頭長，說話沒有遮攔，談東論西的，準會提到謝永華，說不定謝永華已去了張家，提起過她……

心尖抖顫，脈搏的躍動加速。她不該想到謝永華；尤其在大川剛剛回家的當兒。

當時，謝永華突地失蹤。誰知道他是失足落水，還是被謀財害命。在她和他訂婚以後，受到這意外打擊，傷心、難過，眼淚向肚內流，仍痴痴等待。爸爸媽媽不耐煩了，常常直著嗓門教訓：一個鮮跳活躍的男人，離家四、五年，不是發生意外，也會適應環境，娶妻生子，成家立業，哪兒還會記得多年不通音訊的未婚妻。

固執地不接受，一百二十個不相信。寫信、報警，在報紙和電台上登廣告，用各種方法探聽謝永華的下落。連永華的父母也對失蹤多年的兒子，能不能找回，失去信心；掉轉身來勸她忘記謝永華。

人人都是善意的關懷，要她多為自己的未來作安排。如長久等待下去，歲月不會留情，耽誤了她的青春，再也無法補救。但她堅信永華會回到身邊——沒有不回來的理由，所以等待又等待。

該堅持自己的原則的，沒有。高大川闖進了她的生活，到現在還不明白，這是不是張子寬夫婦挖好的陷阱，讓她懵懂地跌下去，造成這局面。有機會該問問張家夫婦。

大川倒很坦誠，一開始便說，沒辦法經年廝守在一起。是職業嘛，愛海洋，愛遊歷，最重要的是為了生活，不得不在船上飄蕩。而她的心便跟著在無邊無際的海洋晃漾，在睡夢中時刻見到檣桅高大的鐵船，乘風破浪；追隨著人群從船頭到船尾，船尾到船頭……

不管新鞋多麼擠腳，一條船長的距離，仍然趕上了。不對。窄巷已走到盡頭，是念華拉住爸爸的胳膊，佇立在巷口等她。

大川咧嘴笑。上唇的短髭，被夕陽塗得閃亮；唇邊彷彿仍在冒熱氣，顯得生動活潑，不像是四十出頭的中年人。

他得意地說：「我和念華賽跑，念華得了第一。」

她也笑著答：「念華總是嫌媽媽走路慢，現在又贏了爸爸，以後更嫌媽媽走不快了。」

「現在真的長大了。」爸爸說。「以前走路都要爸爸抱，不抱就賴在地上打滾，好像還是昨天的事……」

念華沒等爸爸說完，便搶著大叫：「沒有，我昨天沒有要抱。看，我會跑！」來不及喝阻，兒子已摔開爸爸的掌握，猛地衝上街道。

快車道上像全是裝著噴氣的車輛，來往急駛。念華在顛倒凌亂的車陣中迂迴躲閃，有如一顆玻璃彈珠，在滿是鐵釘豎立的傾斜的木板上滑翔——突然有一輛褐色計程車，毫不考慮地直衝向念華。

「啊——」

她和大川同時發出尖叫。聲調中包含了絕望和憤怒。在眼看著念華即將被吞噬時，那計程車抖顫了一下，霍然頓住。

孩子天真地嘻嘻哈哈，不明白自己的處境危險。司機伸頭在窗外，粗聲咕嚕著野話沒個完。爸爸急得直跺腳，氣嘟嘟衝上前去，抓住兒子臂膀，拖回媽媽身旁。

「你要找死！」爸爸翹起鬍子，高舉拳頭，是毆擊的架式。

她用眼色阻止了丈夫的行動。念華在家中，口裡經常念叨著爸爸。看不到，摸不到。不在一起吃飯、睡覺；又不和他在一起遊戲、講故事。去外國上班，真怪，和誰都不一樣。德宗的爸爸，天天送德宗上學；小海的爸爸，每個禮拜天都帶小海去動物園；明明的爸爸，買一枝雙管槍給他作生日禮物……數不盡的小朋友們，都有父親做這做那，只有念華的爸爸，鑽在海浪裡飄蕩。情感的跳板，搭不上長距離的碼頭。回家才五天，剛剛混得有說有笑，不像初見面時的畏怯和羞澀，不容許在此刻體罰。

念華的興致未減。「爸爸跑不過我。」

爸爸抓住教訓的機會：「不能在馬路上賽跑！」

「我們現在回家，看誰跑得快？」

「不行，不行。」爸爸搖手否決。「張伯伯等我們吃晚飯哩。」

父子倆又互牽著手前進。她體會到丈夫的心情：在路途中不便管教孩子；也許在等待適當的時機。所以他們又顯得很親熱，唯有她被冷落在一旁。

不算冷落。妳可以尾隨在他們身後慢慢行走。一條船、兩條船、三條船長的距離，還是可以趕上他們。到了公共汽車站，自然會停在站上等待。這窄巷附近，都是每天出入必須通過的地方，妳是不必擔心迷失或是走錯了方向什麼的。經常感到困擾的是家中門戶。

心又突地虛懸起來。在離開家之前，忙得團團轉。顧得自己化妝、打扮，就顧不到念華的衣著；顧到念華，就疏忽了丈夫的穿戴——每次全家出門，凌亂、慌張、匆忙，為了追趕急性的父子倆，事情沒有全部料理妥當，就連奔帶跑地衝出大門。

沒有錯，這次準沒有把門鎖好。任何人用手一推，或是一陣風吹，門就敞開。闖空門的小偷，從容地走進，大搬家似地把冰箱、電視、箱櫃，以及精細的家具，裝在卡車上，大搖大擺地運走——報紙上常常出現這類竊盜新聞，現在輪到她遭受這巨大的損失了。

胡湘玉的雙腿軟綿綿的，高跟鞋彷彿踩在尺把深的沙地上，一步趕不上一步。她想起大川從國外帶回的名貴衣料，珍奇的首飾，還有一顆亮晶晶的鑽石，都放在家中櫥櫃內，一定會被竊賊拿走。她痛恨自己沒有把那些令人目眩心醉的飾物，佩帶在自己身上；儘管今兒是普通應酬，但也可以使老同學張太太羨慕一番；如果不願意在人前現眼，藏在自己皮包內，也保險得多，比留在家中送給小偷要值得。

她掉轉身向回走，連告訴他們父子倆的時間，也覺得那會浪費了太多。

碎步跳躍了很長的一段距離，才聽到背後嘶嘶的喘息聲和沉重的腳步聲。

「媽，又回去幹麼？」

「湘玉，妳怎麼啦！」

但是，她想到室內的財物和一切心愛的首飾，沒有時間，也沒有精力回答父子倆的喊叫，只有在長巷內競走；同時還有把擠腳的新鞋脫下，抓在手裡想狂奔的衝動。如果夕陽已沉落，黑暗包圍在四周，不怕碰到熟悉的人，真要赤腳飛躍像羚羊了。

「媽要和我們賽跑啦，爸爸加油！」

實在感到好笑。但孩子的想法天真，永遠不知道成人的世界有多複雜。此刻也無法說明，只能讓他空高興一陣。

念華確實是跑很快。一會兒工夫，便跑在媽媽前面，大聲嚷道：「我第一，媽媽第二。」

媽媽點頭承認兒子的勝利。「念華最快。」

兒子說：「再回頭走啊。」

「不，媽要回去拿東西，你在這兒等一下。」

「拿什麼啊？」

母親心底升起不愉快的感覺，便大聲斥責：「小孩子少管閒事。」

念華被唬住了，腳步踟躕，似乎不知該怎麼辦。然而大川已趕到身邊，面部表情和手足的姿勢，都現出驚訝和不滿。他懷疑地問：「又有什麼不對勁？」

對丈夫不能再搪塞哄騙了。她說：「我要回去看看，大門沒有鎖。」

「我離開家時檢查過，已鎖好了。」

「鑰匙還在我的皮包裡，」她抓住一串叮噹的鑰匙，揚在手中固執地說：「門是誰鎖的？」

「不錯，我看著妳鎖好門，再把鑰匙放進皮包，怎麼妳忘了？」

也許是大川忘了。那是昨天或是前天出門的事。今兒才片刻工夫，怎會忘記那樣快。

「可是——」胡湘玉拖長了尾音。「我不放心。現在是安全第一，門戶要緊。」

丈夫連連跺腳。「現在去參加晚餐，已經遲到了；還能再耽誤！」

「你和念華可以先去。」

大川伸手攔住，不讓她向回走。「妳該記得，每次不放心大門，回去檢查時，門都是鎖得牢牢的。」

隱約地記起。大川回來後，第一次全家出門，坐上計程車，又趕回檢查門鎖。跑到門口，抓住圓圓的門柄，左旋右扭推不開，這已是鎖好的鐵證，可以放心地離開了。不，迅速插進鑰匙，她要進去看一看。

丈夫用手勢阻止：為了趕時間，不必進去了。

我要進門看一看。

有什麼好看的？

似乎缺少些什麼。

門鎖得緊緊的，不會丟東西。

沒有理會丈夫的話，跨進門，在每個角落逡巡，彷彿嗅到男人的氣味，聽到呼吸、講話，或是走動的聲音。

她一定要找到那個人。

從客廳到飯廳、浴室、書房……不是大川跟著，她就要打開櫥櫃，甚至會到床底搜索那藏匿在家中的人。

不願想那是誰，更不敢指出那是誰；但心目中、腦海中仍會顯現出謝永華的形象。

天哪，那是多大的冤枉和錯覺。謝永華不可能躲在室內。大川從早到晚在家，她自己也沒有踏出門檻一步，謝永華怎會有空隙鑽進來！

然而腦子裡卻一直想到謝永華，謝永華，謝……？

勉強鎖好門，再跟隨不滿意的丈夫赴約；但已遲到了半個多小時。大川提起這件事，就表示很遺憾。

遺憾不只一次。已有多次重複檢查門鎖的事實，丈夫的言語和神情，都現出不耐煩的味道，她也體會到了。但大川該原諒這關懷門戶安全的行為；如不小心，發生貽誤，就無法彌補那巨大的損失。

「我覺得這次和以往都不一樣，」湘玉認真地解釋。「你們父子不必回去，我自己回去看清楚，才會放心。」

「即或沒有鎖門，前後左右的鄰居，也會幫忙照顧，用不著這樣緊張。」

大川的話，也許有點道理，但她心底的隱憂——彷佛有人躲在家裡，隨時打開門，讓竊盜進來搬東西的那種感覺，是無法消褪，也不能說明的。

沒有答腔，閃過丈夫，奪路向回跑。擠腳的新鞋真誤事，一會兒工夫，大川已搶著跑在她前面。

「就是要檢查門鎖，也該我回去。」大川的語氣堅定。「妳和念華在這兒等一下。」

「我要自己檢查！」她也不願示弱。

「妳不必跑來跑去，誰檢查都是一樣。」

怎會一樣呢。大川不認識謝永華。如果發現謝永華藏匿在家中任何角落，她會抓出來，責怪他的無禮，埋怨他擾亂全家的寧靜生活。但兩個陌生男人見面，有怎樣後果，就很難預料的了。

看起來，謝永華是無辜的。經過多次檢查，從沒發現他在附近逗留或是出現過；那完全是她的想像和臆測，根本沒有事實作根據。

胡湘玉的肢體震顫。突地發現自己，像是希望謝永華躲在家中，讓她捉住，既可減輕心靈的負擔，還有機會鄙視他、唾棄他——她自己再沒有低人一等或是犯罪的感覺，不論是吃飯、睡覺、工作、休息，都會感到舒泰自如了。

她噓了一口冷氣。怎會產生犯罪的想法呢？她和謝永華都沒有錯，錯的是命運之神捉弄他們，才使她的精神受到嚴重的威脅。

大川經年在寂寞的海洋上飄蕩，而她守著念華，無法長期和寂寞搏鬥，便利用閒暇在鬧嚷的街道上飄蕩。大減價的皮鞋店門前，人潮的浪濤，一波又一波地由聚而散，由散而聚。她輕鬆而寫意，瀏覽著櫥窗內精巧的各種鞋子的款式。有意無意地經過落地長鏡，總喜歡多注視自己的影子；甚至走過了，還會回眸看一看。但不論是從正面或側面「欣賞」，已不是八年前身材苗條的小姐胡湘玉，卻是臃腫得變了形的高太太、高媽媽。

用不著嘆氣惋惜。金色的年華，就是這樣用高跟鞋一步步踩碎、踩爛的。捨不得離開，左看一眼，右看一眼，記憶中的胡湘玉再不復現在眼前，身畔只多出一個結實、調皮的念華──使她猛吃一驚的，另一邊又多出一個直愣愣凝視長鏡的陌生男人。

不對。那不是注視鏡面，而是逼視自己。準是自己照鏡子的時間太長了，才引起陌生男人的好奇。但注意「老太婆」的男人，也夠滑稽。在人群麕集的街道上，大家都在擠啊、鑽啊的人碰人，不怕誰會吃了誰。也為了滿足自己的好奇心，還看他一眼。

面燙耳熱，心尖蹦蹦跳。眼睛、眉毛、鼻子……多熟悉。面部的輪廓和神情，全部活躍在記憶之宮。那些線條，以及一顰一笑，都是在無數個晨昏、夜晚捕捉過，臨摹過，現在竟奇蹟似地出現在街頭。

然而時間和現實的陰影，濃濃地罩在全身，她感到呼吸短促，空氣中有股壓力緊緊逼向自己，她慢慢向後退避、畏縮、逃跑。拚命地狂奔，不顧一切地衝進泥淖，踏入荊棘，跌下深淵……頃刻間覺得兩條腿，像是縛了丈餘長的高蹺，全不聽自己的指揮。

沒有逃跑的理由，那不算她的錯。準是平時想得太多，見了類似的男人，便生出幻象。為了免得將來想起這件事後悔，還是仔細看一眼吧。

鏡子裡的男人講話了，結結巴巴，您……您貴……貴姓是……胡……？

你是──是謝……？

謝永華，是的。妳是胡湘玉？

鬧街上不能有什麼熱烈表示，連最起碼的禮貌和應酬都忘記說了，只有相互審視對方的變化。他已不健壯、年輕，歲月和生活的軌跡，也在他的形體上留下若干特徵：鬢邊灰白，皺紋滿臉，臃腫的腰桿似已無法挺直。

他打破尷尬的場面：妳就是一個人逛街？

還有一個孩子——

可是，被意外的驚奇吸引，早忘記身旁的念華。現在已不知念華跟著人流飄向何方。慌亂、焦急地四處尋找；而念華卻悠閒地蹲在玩具店門口，撫摸著那雙管玩具槍。

謝永華買了那枝槍送他，念華的眼睛看著媽媽。

謝叔叔送你的，拿著吧。

不要。

為什麼？

小明和阿華的槍，都是爸爸買的。

謝叔叔笑起來：這槍是你爸爸要我買了送你的。

孩子對新玩具，發生很大的興趣。推推拉拉，乒乒乓乓。他們跟在孩子後面，相互追詢別後狀況。

她對謝永華的學業、事業、經濟狀況等等，都不關心，唯有急於知道婚姻問題；可是他一直沒有談起，實在藏不住困擾自己很久的疑問，便換了話題：

你有幾個小寶寶？

謝永華怔住，彷彿不知道如何回答，結巴了一會兒才說：我……我還沒……沒結婚。

羞愧、歉疚、懊悔……等等感覺，全湧塞在心胸。她似乎已無法行走、站立；更不能面對多年未見的未婚夫。早知謎底是這樣，不打開多好。為了迅速解開窘境，緊急著問：

為什麼？

等妳啊！

耳中一陣雷鳴，綿綿不絕。車輪聲、人語聲，以及念華的扳動槍機聲，全聽不到了。這是她希望獲得的答覆，也是最怕聽到的答覆，真的從謝永華口中吐出。她的步伐沉重，像踏在爛泥地上，拔起後腳，前腳又深陷在泥淖中。如她也和謝永華一樣地等待對方，今天邂逅相逢，不知會樂成什麼樣子；可是現在她已屬於大川，將孩子命名為「念華」的事實，能證明自己多年來的渴慕和思念？

剎那間，她宛如墜入冰窟，寒意浸蝕著肌骨，肢體哆嗦。此刻有一百張嘴，一千個舌頭，也說不清自己的遭遇和處境。請求寬恕，也不會獲得同情和諒解。

矛盾極了。她是天天希望見到謝永華，想知道他別後的一切；但今天真的見面，卻有無限的後悔——如果謝永華也結婚生子，妳就不會有羞愧或是辜負他的感覺。晤談之後，便可以輕鬆地道別。那樣，便絲毫沒有責任。結婚的先後不要緊，那事實就可以證明，誰都沒有堅守海枯石爛而愛心不渝的誓約；但目前這局面，妳是注定戰敗了。

然而，不能如此的輕易豎白旗；該用武器還擊。她大聲責備地說：

你不該偷偷的離開我。

我自己作不了主。

你應該給我寫信，和我聯絡。

我寫的，妳搬了家，信被退了回來。

胡湘玉思索著多年前的往事，時間和事蹟已糾纏在一起，片刻中無法理清；再說，現在來算舊帳，對事實也無補。她只幽幽地埋怨：

你為什麼不找我！

我天天在找妳，日日在等妳。直到現在，我還不相信妳就是我日夜思念的胡湘玉——妳是嗎？

我已不是胡湘玉，現在是高太太。

妳是胡湘玉。妳在我心中的地位，仍未改變。妳變作高太太，那不是妳的錯，如果——

沒有讓謝永華繼續解釋下去。她覺得雙方都很激動，不能在大街上爭吵；尤其在離別了十三年之久的第一次相逢，為了表現禮貌和增進彼此了解，確有長談的必要。鬧市上不是談話的適當場所。

不邀請謝永華去她家中就好了；那麼他就不知道大川經年在海洋飄蕩，也就不會是她家的常客。現在離開家門，更不會時時掛念家中的門戶安全，要急於檢查門鎖……

但這是她個人的祕密，不能對丈夫說。說了以後，是非分不清，誰知將會有多壞的後果。為了阻擋丈夫回家檢查，必須找點理由解釋一下：

「我在鎖上做了記號，要親自回去看有沒有人開過。」

「剛離開不久，怎會有人動鎖。」

念華插嘴了。「我看到不少野孩子，時常敲我們的門，大概是想偷鎖。」

「小孩子不懂的事，少開口。」爸爸厲聲喝阻，然後轉身對湘玉說：「為了節省時間，還是我回去檢查——我走得比較快。」

可是，她沒有接受意見，仍逕自向回走。大川和念華也踢踢拖拖跟隨在身後。沒有掉頭看，從腳步聲中便聽出父子倆的勉強和不耐煩。

又連累他們回家一次，確有無限歉意。站在門口，便發現門真的鎖了。由於她每次離開家都擔心門戶安全，大川又加了一副門扣，添購一把新鎖；現在雙重鐵鎖沉甸甸地掛在門外，沒有鬆動或是破綻。旋門柄，推啊、撞啊，門縫契合得又緊又牢，連老鼠也鑽不進去，還有什麼可以懷疑的地方。

但她還是用鑰匙打開兩重鎖，一路檢查下去。大川牽著念華的手，站在門外，用焦急和責怪的目光看著她。

在各個角落逡巡了一遍，胡湘玉恍惚間忘記自己身在何處，不知匆促地尋覓什麼？家具、衣物，都在固定的位置，沒有搬移的痕跡，更不缺少；而丈夫和孩子都等在門外，此刻緊張地檢查、搜索，希望獲得什麼？

模糊地憶起，以往也有過這類似的經驗。那是在未結婚以前，不知道如何應付未來的結婚場面。實在說來，她心中擱不下兩個男人，一個是失蹤多年的謝永華，一個是緊鄰而居的青年陳崇仁。

陳崇仁早晚陪著她，解除她不少煩悶和寂寞；曾用千萬個不同的事例和理由，勸說她不要等待那飄蕩無根的人；即或是要等待，他們可以先結婚；如果謝永華回來，他自動地離去。

也許是陳崇仁講得太直率，或是分析得太理智了，沒有絲毫情感的味道。可以隨便結合，也能隨便離開，彷彿只是為了救濟她，憐憫她的孤單，才施捨給她愛情、婚姻。所以她始終拒絕他的求婚。

她當然知道陳崇仁的心意，一方面認為謝永華會永久失蹤，另一方面，是為了打斷她等待謝永華的決心，故意那樣說；如果真的謝永華回來，陳崇仁未必就肯貿然離去。

自忖是由於陳崇仁對她了解太多，才不願和他結婚；當張子寬夫婦為她介紹高大川時，特別說明大川根本就不知道以往的婚約，所以她就迷迷糊糊答應嫁他。

在結婚的前夕，覺得那草率的決定，太違背自己的志願：不等待謝永華，就該和陳崇仁走進禮堂，怎會憑空冒出一個高大川呢！

離開家去找謝永華。

逃婚！

宛如雷擊般的兩個字，裊繞在她四周。她不知道如何抉擇，深夜在屋子裡躑躅，希望找出答案，希望謝永華能突然在屋中出現，便解決一切困擾。

不錯，她此刻也希望射永華能出現在屋中；可是，他出現以後，能打開她心胸中鬱悶的結，能解決難題？

那會把事情弄得更糟，更不可收拾——無法向丈夫交代明白。

胡湘玉突然感到好笑。謝永華已在她面前表示過，絕不再來高家求她，怎麼不相信。他們沒有出大門以前，謝永華無法入門；離開家，門上有鎖，謝永華更鑽不進來。她希望在無意中，趁機把藏匿在家中的謝永華抓出，這想法是完全落空了。

她也知道謝永華不會獨自留在屋中，但心胸中仍隱約地覺得他蹲在家中什麼角落，瞪著一雙大眼，直愣愣地窺伺著她的一舉一動。如果用突擊的方式捉住他，就不會有比他低一等的感覺了。

這種天真的報復手段，她想到永遠沒有實現的機會，便沮喪地走出大門。沒有抬頭看丈夫，也沒有瞄念華一眼，只是熟練地鎖上兩種不同性質的鎖，低聲說：「我們走吧！」

念華問：「我們什麼時候吃飯？我肚子好餓啊。」

爸爸說：「等一會兒，到張伯伯家就吃了。」

「我們坐小汽車去，快一點。媽媽穿皮鞋，走路太慢了。」

「這兒巷子太窄，車子通不過。」

「我們先去大街，叫一輛計程車等媽媽。」念華說著，沒有獲得父親同意，便躍向窄巷。父親緊著腳步跟在後面照顧，唯有母親踏著擠腳的高跟鞋，一步步在腸巷徜徉。

夕陽被夜幕吞噬，巷內如煙、如霧，胡湘玉覺得眼前一片迷濛。諒是心情不舒適的關係，她實在不願去張家作客。即或不是鞋子夾腳，她也不想走得太快，到張家愈遲愈好。進門就上飯桌，吃完找藉口返家，沒有閒聊的機會，就不要聽張太太嘮叨沒個完了。

今天是張子寬為大川接風，父子倆同去儘夠了，她是有理由推辭的——如果張太太薛安俐不是她同學，她才不跑老遠，去吃那餐飯哩！現在還可以推說是頭痛、腸胃不舒服、家中無人看門……等等，立刻轉身回家。

然而，一切都和預料的相同，沒有發生意外。丈夫和念華真的攔了一輛計程車，停在巷口。到了張家，沒發現有其他客人。她想藉幫忙的機會鑽進廚房，避免和張子寬談家常；但張太太硬趕她進客廳，作規規矩矩的客人。

她有時是喜歡和張家的人聊天的。不但張太太是她同學，而張子寬年輕時，就是她家的常客，和大川結婚，也是他介紹的。她熟悉的人和事，子寬全知道——也知道她和謝永華的婚約還沒有解除；一定不知道謝永華近來又出現在她的身畔和心頭。如果無意之間談漏了，就很難收拾那場面。

胡湘玉侷促地縮在一旁，聽丈夫和子寬談天氣、海洋、世界風光（念華和張家的孩子，玩到別處去了），彷彿已忘記了她的存在。在長時被冷落的當中，她繼續為謝永華的出現，感到焦躁不安。但兩個大男人，絕沒有想到她心中想些什麼，有多大困擾。

有好幾次在談話的空隙中間，她要大聲問子寬：「謝永華回來了，怎麼辦？」一話說出口，他們再不會那樣輕鬆自如了吧！大川會追問謝永華是誰？謝永華有什麼要求？她預備怎樣處理？

處理嘛，很簡單：大川和陳崇仁一樣，自動退出，胡湘玉還是謝永華的未婚妻。原介紹人張子寬也不能反對。當時，他保證謝永華不會回來。現在，他能保證大川默默地退出婚姻？

當然，子寬不會如此保證。大川也不願離開她，她也不能放棄丈夫和孩子。是她親手用絲把自己纏結在繭內，她已沒有力量鑽出。說實在的，她根本就不想反抗這環境和命運了。

默默忍受完兩個男人的冗談；飯後才抓著機會和張太太在一起，使緊張的情緒鬆弛下來。

輕鬆的時間不長。張太太突地關起房門，神祕兮兮地問：「謝永華回來，妳知道嗎？」

這像是一枚重磅炸彈落在身旁。胡湘玉覺得自己的每節骨頭，彷彿都被炸成碎片或是粉末。早知如此，她不該來赴宴，更不該獨自找老同學聊天；此刻如仍坐在客廳，就不會接受薛安俐的審判了。

不對。張太太知道謝永華回來，張先生同樣地了解這事實。或許就是為了這事，張家夫婦才以接風作藉口，邀他倆來談判。與其當著大川的面，接受殘酷事實的煎熬，還不如躲在房間慢慢和薛安俐商談。

怎麼回答？能假裝不知道，推得一乾二淨？

手心滲汗，她告訴自己冷靜點。現在還不知道安俐曉得多少事實。該占住據點，使嚇昏了的自己，慢慢甦醒，慎重考慮後回答問題。

她避免正面答覆，反問：「妳聽誰說的？」

「他來過這兒。」

這已是一枚爆炸的原子彈了。她像掉進彈坑，沒有任何防禦的裝備和力量；最可惡的是，謝永華沒有把來這兒的事實告訴過她，心理上沒有準備，一下子就擊潰了自己。

胡湘玉仍圖在死亡線上掙扎，作最後的搏鬥。「他什麼時候來的？」

「三天以前。」

天哪，那不是大川回來以後的事！她心底在叫嘯。這時張太太把這消息告訴她，有何用意；難道是受了謝永華之託，和她夫婦交涉。安俐和丈夫約定，飯後同時進行協調，此刻張子寬正把原委告訴大川……

胡湘玉無法靜靜地臆測，猛然跳起大聲問：「他說些什麼？」

安俐顯出詫異神情，凝視著她：「談得很多，不過——我不大清楚，他和子寬討論很久。」

謊言，欺人的謊言。從任何角度猜測，謝永華都會說出流浪的原委，回來尋找未婚妻，在街頭無意中相逢，又憶起往日的情誼。白天、夜晚為「破鏡重圓」爭執。在客廳、飯店，以及野外辯論，辯論永遠不會停止：

謝永華說：為了妳，為了我，妳都應該離開大川。

可是，孩子呢？

如果大川有辦法撫養，可以給大川。

你知道大川的職業，怎有力量照顧孩子！

那麼念華可以跟著我們。

不行，不行。別人會怎麼說！誰都以為高太太，在丈夫遠涉海洋的時候，耐不住寂寞所以變心變節。

事實是妳對愛忠貞不渝，不要考慮別人怎麼說。

心尖顫慄，全身浸浴在汗水裡。一時不明白謝永華是捧她，還是貶她。她已和大川結婚生子，腦海中、心胸中已忘記了他，還算對愛情忠貞？這樣的「破鏡」重圓，對自己，對永華，對孩子又有多大益處！她和大川結婚，沒有經過慎重的考慮，已走錯一步，滿身背負著罪惡感，現在還能連著錯走第二步、第三步？

我要考慮別人怎麼說，我要考慮大川，我要考慮孩子的未來生活……

顛倒重複解釋、辯論。言詞和理由，日夜纏繞在身畔、心田、腦海。和永華單獨在一起時，不論是說笑、遊玩，總會想到在海洋飄蕩的大川。似乎覺得大川在遙遠的地方瞪著她、聽著她、監視她的一言一行，一舉一動。她隱約地看到周圍是波浪，是甲板，是滿面鬍鬚的水手；大川沒有生活，沒有快樂，滿眼看不到一個活生生的女性……度著極淒清、蒼涼的日子，唯一的希望是回到太太身邊；而太太卻想背叛丈夫，和失蹤多年的愛人重溫舊夢……

她想，這完全是罪惡。不該聽謝永華胡說八道，應立刻把他趕出大門。

趕不趕走是另外一回事；但她想到謝永華從任何角度看，都比她高一級。如她離開大川，再回到他身邊，身分比他更低；低得永遠抬不起頭，直不起脊梁來走路。而她如接受謝永華的意見，將永遠失去念華，大川更是十二萬分的輕視她……這些都和謝永華反覆說了多少遍，他已完全體諒她的苦衷，也像裝成全部領會的樣子，為什麼又來張子寬夫婦處囉嗦。

不明白。男人真是奇怪的動物，有時完全不明白女人的心理。大川沒有回家，孤寂的高太太，沒有跟謝永華走；現在是圍繞著丈夫、孩子旁的主婦，會改變決定，貿然離開溫暖的家？

她為了振奮自己的精神，大聲問：「謝永華有沒有談到我？」

「當然哪，話題怎會少得了妳。」

談她什麼呢？把每次辯論的經過，全盤訴說清楚，要張子寬勸她離開大川？

胡湘玉暗自搖頭。認為謝永華不該如此請求，張子寬也不能如此說服她。這是他們兩人之間的問題，任何第三者加入意見，都很難改變自己的決定。

房間突然顯得沉悶，呼吸似乎都很困難。實在想不透謝永華從什麼角度和張子寬討論，又得到什麼結果。

她站起身，想藉口去看念華有沒有胡鬧，順便聽男主人和大川怎樣談判。離開這悶塞的房間，吸點新鮮空氣，也許會容易獲得難題的解答。

張太太諒已看出她躊躇的舉止，輕聲地說：「妳再坐一會兒，我還有一件祕密，沒有告訴妳。」

「祕密！」她緊張地趨坐在張太太身旁，認為已談到問題核心，開始說服、勸慰、要脅……

「謝永華真是『浪子回頭』了。」

當然，她接受了謝永華的請求，一定要幫忙說好話。聽到這樣的開場白，就可以知道將如何地作說客。

「何以見得？」

「他對自己的行為感到愧疚，在悔恨當中說出『失蹤』的經過。」

「他怎會無緣無故失蹤？」

「那是為了愛上另一個女人——」

耳中嗡然一聲，對方的話全聽不見了。這簡直是不可思議。她從沒有逼著問謝永華為什麼突然離開這世界。一直以為他是經商失敗避債，才隱匿在偏僻的角落，默默耕耘、奮門，有了收穫，敢再伸出頭來。因為對謝永華始終懷有歉意，便從好的方面設想，卻沒有料到他是如此的薄情。她痴心地等待又等待才結婚，婚後又背著愧疚心理，實在是上了天大的當。

「他為什麼又回來？」

「發現那女人愛的不是他——」

「是他的錢財。」胡湘玉搶著說。

「一點兒沒有錯。」

「現在他的錢光了？」

「錢不光，就永遠不會發現。」

這是個老故事。拿金錢買幻想，希望破滅了，再回到現實世界。最可恨的事，是謝永華回來後，仍密封著自己的黑心田，不敞開胸膛說亮話，所以她老是像背千斤鼎似地背負著歉疚，覺得比他低賤；如果心腸再脆弱一些，也許被說服，拋開大川就跟著他遊蕩，造成一生的悔恨。

胡湘玉狠狠地說：「那女人呢？」

「又回到風塵中去了。」張太太解釋道，「那女人，就是從那兒來的。」

全想起來了。在「失蹤」之前，謝永華的行動和態度就有很大的改變。業務忙，應酬多啊！為了打開銷路，不得不多方面拉攏。今兒晚上餐敘，明兒晚上牌局，後天又要出差……說不盡的理由。訂了婚的人，她想必然和熱戀期中的愛人不同；但結婚以後，又怎麼樣了呢！

逃離家庭。報紙上盡是些「妻尋夫」、「夫尋妻」的廣告，原來是這樣形成的。謝永華的心好狼，騙了她的感情那麼久，長時的相思侵蝕著自己，婚後的生活不寧，罪惡感的陰影，籠罩著整個家庭，老是覺得謝永華藏匿在屋角、床頭、櫃底……就是離開家，鎖上門，彷彿仍感到他的存在。對她的傷害太大了。

她陡地站起，氣憤地問：「他現在說這些幹麼？」

「他認為妳是個好人，錯愛上他；他對不起妳的事太多了。」

天哪，早點知道這些就好了。為什麼一直瞞得密不通風；諒是還要繼續騙她離開大川，讓她永遠擔負愧疚再臣服在他面前。現在見她意志堅決，才在張子寬面前攤開底牌。她要報復，找他算舊帳。「他現時在哪兒？」

「妳也不要見他了，他也不願再擾亂妳的生活。」張太太勸慰道，「像他那種人，也生不了根。來這兒辭行後，又到四處流浪去了。」

眼淚一直往心底流，不知是憐憫自己的無知，還是憐憫謝永華的薄倖。和大川、念華走在回家的路上，淚水仍潸潸地流個不停，用很多藉口，才把這段痛恨的往事遮飾過去。當她抓起鑰匙，透開門鎖，拉動把柄時，便發現門上還有一把鎖。她猛力摔脫擠腳的高跟鞋，再找另外一把鑰匙開門。

——一九七一年二月《皇冠》

無聲的世界

慘白的燈光，從板壁的罅隙中擠出，塗在啞巴阿花的面龐上。

她冰冷的臉緊貼著黝黑的板壁，巷口旋進一陣陣銳利的冷風，錐刺著裸露的小腿，引起連串的寒顫。有幾次想鑽進小屋的念頭，都被自己抑制了。她藏在這黑暗的角落，似乎才忘記了自己；唯有在這兒，才可以知道人們對她的看法。

阿花的右耳靠著牆，希望能聽到屋內的談話。可是老闆李大富，正用鐵錘釘那斷了腿的木椅；而太太的兩隻手，在悠閒地剝著瓷缽裡的花生米。

好不容易，錘聲停止。老闆說：「阿花呢？」

「誰知道。」

「妳該叫她幫忙做事，不要讓她閒著，到處亂跑！」

「你閉起眼睛亂說，」太太的語氣硬繃繃的，火藥味很重。「難道你看不見，阿花這幾天，精神不好！」

「我……我沒有看見。」

阿花的肢體顫抖得更厲害了。老闆娘已看出她的心思；而老闆仍在裝糊塗。她想衝進屋子，罵老闆一頓；但她不會講話，手勢別人也看不懂。還是忍耐的好，還沒有到必要攤牌的階段，先聽聽他們怎麼說。

老闆娘大聲嘆息：「阿花的年紀也不小了，我們不能留她一輩子——」

「那要怎麼辦？」

「所以我要和你商量啊，你是一家之主，早該打主意。」

老闆的錘聲緩慢下來。「我也早想到這一點，所以，所以……」

為什麼不說下去？阿花的耳朵貼得更緊了。她就希望知道老闆怎樣想，怎樣做？此刻是受到什麼阻礙，把最要緊的話懸在半空。

太太似乎已等不及，搶著指責。「你應該早就把計畫告訴我了，還要等我來催，到現在，阿花的人已開始慢慢地變了，你還吞吞吐吐不肯說。快說啊！」

「我覺得在我們家當學徒的那……那個……」

「誰？」太太總是搶住話頭。「是阿雄？」

「阿雄比較調皮，也看不上阿花，還是登財老實可靠。」

「你是說，要阿花……」

下面聲音太小，她聽不清老闆說些什麼。不，不是，她現在不但是啞巴，似乎也突地變聾了，耳中的嗡嗡聲，在腦海、在心胸中卻響個不停。一直懷疑的事實，終於親自從老闆口中說出；而且是說得那樣輕飄飄的，一點責任感都沒有。

阿花已沒有力量支撐自己站直身體，只好癱坐在牆根的一截木頭上。她在這鋸木廠工作了五年多，剛來時，才十四歲。老闆給她吃，給她住，做一些零星的雜務。她雖然不會講話，但耳朵靈，眼睛快，手腳俐落，太太特別喜歡她。她確實幫太太做了不少家務，燒飯、做菜、洗衣服，家中的事，全都由她包辦；而太太卻可以騰出閒工夫，出外聊天、打牌。

她從沒有羨慕或是妒忌的想法。因為她覺得太太的命好，又沒有生孩子，所以才落得如此輕鬆。大大小小的事全交給她。幼年在外流浪，太太收留她，她不致受凍、受餓，沒有風吹雨淋太陽曬，真算是進了天堂。再苦的工作，也安心地代替太太；可是誰料到老闆會看上她這個啞巴，用種種方法欺侮她，要她代替不能代替的太太工作。

話無法說出口，但她心裡有數。老闆是一時高興，認為她是弱者、可憐蟲，不會發生任何問題；怎會料到她有了新生命。

曾把這消息用手勢告訴老闆，老闆最初聽了很緊張，但一會兒便輕鬆地說：「沒有關係，妳放心，一切有我哩！」

她表面是裝得放心了；但事實上，時時刻刻心中有這個疙瘩。從懷疑自己有孕時刻起，就沒有睡熟過、吃飽過；她日夜暗自希望老闆真的會想出辦法，解決這惱人的困難，誰知是要把她塞給登財，老闆要別人替他背這黑鍋。他的責任也許推掉了，可是老闆卻沒有顧到她的生死存亡，她以後怎樣做人呢？

阿花手扶板壁，試著撐起；但軟弱的兩腿直打哆嗦，站了一半又跌倒地上。她真想有人來扶起她，走出這死巷，去她願去的地方；可是誰來幫助她呢！

阿雄對她不錯，成天笑嘻嘻地看著她，有時還輕浮地動手動腳。她知道阿雄是和老闆的心理一樣，只因為她是個不會說話的啞巴，才存著欺侮她的念頭。已上過老闆一次當，不能再給阿雄侮辱機會了。所以，她總是躲避著阿雄，阿雄在她面前裝狗熊，表現英雄氣概，她都裝著不懂或是沒有看見，所以阿雄在下班的時候，已不經常纏繞在她身旁，此刻也許不會來這短巷；可是，登財呢？吃過晚飯，就沒有看到登財的影子，如果登財看到她這慘兮兮的境況，也許會……

會怎麼樣呢？她不敢想下去。登財看起來老實，膽子也小。目光老是跟著她，但從來沒有和她說過不相干的話，更沒有動過她一根手指；但她知道登財確是喜歡她，也非常尊重她，好像從沒有把她當作殘廢的人兒看待；可是，登財那善良的頭腦，怎會想到她有這樣壞的遭遇，受到如此大的折磨，要在這時候來幫助她！

屋中談話的聲音又大了起來，許是她耳中的嗡聲減小，又聽到老闆和老闆娘的爭執了。

阿花咬緊牙根慢慢撐起，眼睛又可以從罅隙中向內看。老闆的鐵錘已放下，右手抓住那釘好腿的木椅，用一隻腿在屋中旋轉。

老闆氣嘟嘟地說：「就是他們結婚了，也不能讓他們離開。」

「留住他們幹什麼？」

「妳真傻！留下他們永遠是我們的幫手。」老闆推開木椅站在太太面前，雙手揮舞。「登財可以幫我的忙，而家中有了阿花，妳一定會輕鬆自在──」

「都是打的如意算盤，你知道他們願意不願意？」

「當然願意。登財喜歡阿花；而阿花會百分之百聽我們的話。」

「你不要太自信了，阿花的脾氣我知道。」太太抓了一把花生米，從手中慢慢流瀉在碗內。「她雖然不吭氣，但滿肚子心眼兒。」

「這個妳放心，阿花的這一邊，包在我身上。」老闆突地愣住，僵立在屋中，似乎也對自己的話，發生懷疑；接著走向太太，悄悄地問：「阿花到底去哪兒了？」

阿花的手指，緊緊揪住板壁的稜起部分，急想撐直軀體，衝進屋內，打老闆一頓，罵老闆一場，甚至於用手抓他的臉皮，用門牙咬他的肌肉……可是，有效嗎？她沒辦法說話，老闆娘不會懂；就是能說也說不清，老闆娘也不會信。即或是信了，老闆娘一定會怪她、打她、罵她：妳是這樣沒良心，收養妳，照顧妳成人長大，妳居然膽大包天，引誘主人上床，肚子大了，活該，妳替我滾出門。我們家再不要妳這個沒良心的啞巴了。巴掌、拳頭，也許還會有棍棒，像擂鼓，像剁肉醬，沒頭沒腦地打下來，只有逃跑、避讓……可是，妳逃得了，避得了？沒有求生的能力，沒有親人或是了解妳的人幫助妳，能逃到哪裡去？

阿花還是慢慢撐起，扶著板壁從洞眼向內瞧。老闆正瞪大眼睛，氣鼓鼓地和太太爭論。

太太說：「全怪你，不是你有壞心眼兒，阿花怎會這樣——」

「妳胡說八道。不論怎麼說，都怪不到我；假使要怪，妳應該怪阿花！」

「為什麼？」

老闆上前兩步，靠近太太低聲咕嚕，她聽不清；不，又聽不到他們說些什麼了。面龐連著耳朵都感到發燙，不知是羞恥，還是憤怒。太太到底知道些什麼。有關老闆和她之間的齷齪事，太太全知道了？她還能在這兒生活下去！而且更不知道他對老闆娘說些什麼？現在，她用不著辯駁；不會說話的啞巴，對不懂手勢的人，又能有多大辦法，爭得勝利！她雖沒有在外面求生存的本領，但已顧不了那許多，一定要硬著頭皮向外闖，眼前是大海，是火坑，也得往下跳了。

阿花順著窄狹的巷道，摸索著前進。冷風仍不斷地鑽刺著她，雖然兩腿軟弱而顫慄，仍一步步向前挪移，沒有目的，沒有生存的勇氣，也沒有奮鬥的力量；只是為了要離開這傷心的地方，不得不掙扎著前進。

星光彷彿被烏雲遮沒，眼前是黑濛濛的了無邊際。跨出巷口，一腳踏入坑穴，全身向前撲倒，她心中喊了一聲糟糕，準備接受被跌傷的痛楚時，突然斜地裡伸出一隻手，抓緊她的胳膊，使她沒有栽倒在地上。

抓住她的人仍沒放手：「好險啊！」

她牽動肢體，掙脫掌握。但還沒看清是誰幫助她。

對方又說：「這麼晚了，妳要到哪兒去？」

激動的心情，漸漸平復，已聽出這是登財的破嗓門。就在那聽出聲調的一剎那，淚水突然湧出眼眶，有抱著登財痛哭一場的想法；但隨即為胸中另起的念頭否決。她不能在此時此地表現軟弱，尤其當著登財的面，更不能裝成可憐相。

阿花挺一挺腰桿，使委靡的精神振作些；但沒有辦法回答，只能搖頭，表示不知道，不願意告訴他。

登財說：「我一直在外面跟著妳、看著妳，妳預備怎麼辦？」

他的一隻手，搭在她肩上，像是在撫慰她。她連忙舉起自己的手格開那溫熱的掌心。但心中卻漾起一股暖流，知道仍有別人在關心她，隨時注意她的行動和安全——可是，她隨即想起，登財到底聽到老闆說些什麼？知道有關她的一些什麼？

心中的困難，不想告訴登財，雖然登財已領會她不少的手勢，但她無法把胸腔中複雜的情緒，用手勢說出。即使登財懂得她的言語，卻無法解決她的困難，還是早點離開的好。

阿花已慢步躑躅在冷落的街道；登財卻緊緊地跟在背後，連聲地問：「妳去哪兒？妳去哪兒？」

她本想把找黃志堅的決定告訴登財，免得他纏在身後心煩。但就在她心中猶豫不決的時候，倏地從身後竄出一個人，大聲吆喝：「深更半夜，你們幹什麼？」

最初阿花猛吃一驚，以為是歹人，要藉機勒索或是嚇唬他們；但隨即聽出那是阿雄的聲音。

登財諒已跟著認出阿雄，反問對方：「你管得著？」

阿雄跳著，攔住他們面前。「我當然要管。」他側轉臉問阿花：「是不是登財在欺侮妳？」

她厭惡地搖搖頭。覺得阿雄真是多管閒事。

「那麼，我就不明白。」阿雄的一雙眼睛，在他們二人的面龐上，來回地搜索。「你們一定有什麼花樣！」

「那是我和阿花的事，與你無關。」

「笑話，你知道阿花是我的什麼人？」

「什麼也不是！」登財拉拉她的膀臂。「阿花早已告訴過我。」

「你小子撒謊！阿花什麼時候和你說過話。」

「剛剛。」

「鬼才相信。」

「信不信由你。」登財一副得意的神情。「老闆已經決定——」

「決定什麼？」阿雄粗暴地大叫！

登財已看出阿花的滿臉惱怒，再看向阿雄，伸一伸舌頭說：「這是一件祕密，我不能告訴你。」

「你的祕密誰都知道。」阿雄把手中抓的一只大的牛皮紙袋，套在登財的頭上，再用手敲著紙袋說：「是吹牛！」

登財一手把紙袋拋開，另一隻手開始去抓阿雄，兩人在街道上便爭打吵鬧起來。

阿花先愣在旁邊，看兩個男孩扭在一起拳打腳踢，內心感到不好受。因為是由於她才使他們發生爭執的；如果他們其中一人被打傷或是發生意外，她不是要負全責？

但隨即想起，她是個不會說話的啞巴，沒有要他們來這兒，是他們自動來糾纏著她；而他們打架的理由，都是為著自己，不是真正地為她解決困難——她想起來了。自己的困難，還沒有真正地解決，應該趕快離開他們，去找志堅商量。

她開始悄悄向後退，然後旋轉身，順著走廊向前飛奔，她要把自己的困難，告訴黃志堅。志堅和她一樣都是不會說話的人，就會真正同情她的遭遇，也許會幫她想出解決難題的方法。

跑啊、跑啊，爭吵毆打的聲音已遠拋在身後，惟有喘息聲和沉重的腳步聲，緊緊圍繞著自己。無限的痛苦、恐懼、淒涼的感覺，啃噬著、鞭打著她自己。她要脫離登財和阿雄，更要離開老闆他們一家，走到自己想去的任何地方。

突然前面像有一堵牆，矗立在前面，擋住她前進的方向。抬起頭，收住腳步慢下來，才看出是老闆雙臂平舉，像平交道前的攔路木，不讓人通行。

她感到奇怪的是：老闆右手抓著酒瓶，左手還捧了一個紙包。不用說，那一定是下酒的花生米。那是他出來買酒，無意碰見她；還是藉買酒的理由，特地出來找她回去？不管怎麼說，老闆不應該攔住她不放。

老闆說：「阿花，不要跑，我告訴妳一個好消息。」

她搖頭又擺手，想衝過那攔路木。老闆的左臂順勢彎轉，成一個擁抱的姿勢。阿花不得不急速向後倒退。

「妳先跟我回去，我可以慢慢告訴妳。」

現在，她已不是三年前的阿花，再好聽的甜言蜜語，都騙不了她。那時，老闆娘不在家，孩子們都睡了。老闆自斟自酌地抓著酒瓶，一定要她喝一杯。家中沒有任何人，又是深夜，喝醉了可以睡覺；而且她看到主人一杯連著一杯喝個不停，都沒有醉倒；她喝一杯，該不會有什麼問題。誰知這杯酒竟害得她失去了控制自己的力量，任由老闆欺侮，而落得今天的下場。

她憤怒地搖頭，表示不要聽，也表示不願回去。

老闆說：「妳不要難過，妳的困難我知道，我已幫妳解決了。」

這是騙小孩的話，誰信。她的困難，誰也無法解決；除非老闆，除非……她自己也不明白，老闆究竟應為她做些什麼。

「登財年紀又輕，做事又能幹！」

在牆外聽到的話，老闆竟在這時候告訴她，是故意侮辱她的人格，還是真的把她當不懂事的啞巴看待？

阿花雙腳蹬跳，兩手的掌心捂著耳朵不要聽對方的髒話，但那刺戳心肺和神經的言語，仍繼續鑽向耳鼓：「我看得出，登財喜歡妳，妳一定也喜歡他，噢——年輕小夥子，比老頭子吃得開……」

如果她能說話，必然會用最惡毒的話罵他，不知羞恥，喪盡天良；但現在只能用嗚咽和跳腳表示自己的憤怒。

李大富諒是在興頭上，沒有體會到她的感覺，仍得意地說：「登財那傻小子，懵懵懂。他會要妳的，妳所有的困難，他都會接受，妳不必擔心了。」

放下雙手，減輕耳中如雷鳴的響聲。想不到他會這樣推卸責任。他用不著負擔一切罪惡的後果，可是她自己呢。她不是機器，是一個完完整整的人，一場糊裡糊塗的病，使能讀書會說話的她，變成了啞巴。沒有人幫她去找醫生，媽媽離開家，爸爸病死了。她只好在外面流浪。是他們的鄰居李太太，要她幫助洗衣、燒飯、做雜事……在木廠裡長大得能照顧自己了；而李大富卻把她當作無知的動物，或是供製作器具的木材。但她怎能和登財每天面對著老闆生活下去！

「現在把這好消息告訴妳，高興了是不是？」李大富揮動著抓紙包的手臂。「妳馬上跟我回去，我那賭鬼太太又出去打牌了，我們再喝一杯，又可以——」

阿花瞪大雙目，眼珠快要從眼眶蹦出。李大富真的在打如意算盤，想盡壞主意。還要和她喝酒，使她上當。認為她是永遠長不大、從不知善惡的啞巴。現在更可以放心大膽地作弄她、蹂躪她，最後有登財來收拾殘局。但他有沒有問過登財，在知道這醜惡事態以後，還要娶她這啞巴為妻？最重要的一點，在作這決定以前，應該問她是不是願意和他合作，把責任推卸在登財身上。

為什麼不說下去。「又可以」怎麼樣？她瞪緊李大富青筋脹跳的面龐，結巴而又輕浮的嘴巴，怒火在抑鬱已久的心胸，熊熊燃燒，沒有手勢，也不可能用言語表達出自己的感覺。

「啪！」她迅速伸手，猛摑老闆一記耳光，隨即覺得自己的手是熱辣辣的。她還要再伸手出去，但老闆驚異地舉手遮擋，彷彿是忘記手中抓的東西，酒瓶已滑落在地上。

「砰！」比掌擊更大的響聲，使緊張的氣氛更加緊張；同時酒瓶跌破的酒液，四處迸射，她的腿和腳都被噴灑了酒漿。阿花又聞著那熟悉的酒臭，她厭惡地捣起鼻孔，從倉皇而惱怒的李大富身旁逸去。

「阿花，阿花！」

她聽出那是阿雄的聲音，他們已吵完打完，才趕到這兒來？

「阿花，阿花，阿花！……」

那是登財的聲調低沉而急促。只猶豫了一會兒，腳步剛剛放慢，身後隨即傳來李大富氣憤的腔調：「不要管她，隨她去，她是個不識抬舉的啞巴！」

她不能留下。當著三個男人的面，又能表示什麼意見。老闆為了維持自己的自尊，不得不在兩個學徒的面前，辱罵她一番；她是用不著認真計較的。

實在說來，她無法計較。李大富有一張會說話的嘴，而且又管著阿雄和登財。她所作的任何辯白，都是白費。還不如裝著沒有聽到的好。

阿花順著陰暗的走廊，迅速地向前衝刺。她對自己的耳朵，能清楚地聽到別人的談話，感到是最大的遺憾。一般的啞巴，都是因為聾了，才不會說話，所以聽不到閒言閒語，免了多少煩惱。她如果也是聾子，聽不到老闆夫婦的談論，就不會有無地容身及窒息不安的感覺了。

是的，她要遠遠離開他們那一群，遠遠離開那罪惡的是非之地，才會減輕或是消滅精神的負擔。

奔跑啊，發狂式地奔跑啊！她是個不識抬舉的啞巴，如果她識抬舉，此刻已穩穩地安坐在老闆家中，看李大富涎臉地說笑嬉謔──她不是被抬得更高，而是跌得更低，低得像爬進臭水溝，用再好的清潔劑都洗不脫那汙穢和骯髒，更談不到做人了。

洗不脫的，永遠無法還她原來的清白。奔跑、逃避都沒有用，李大富的魔爪，正緊緊揪住她的喉頭，她無法說話，喊叫不出。絕望鞭撻著她，痛苦襲擊著她，感到肌膚龜裂，心臟窒息，呼吸喘急……

她告訴自己，一定是跑得太快、太急。用不著這樣急急忙忙告訴黃志堅。明天、後天……有的是時間，不爭這一秒一刻。應該慢下來，細細想，該怎麼應付這場面。可是，跟在後面的那一群人，怎麼辦？

眼前似乎有一團黑色物體在滾動，她想跨大步，跳躍得很高，超越過去，內心告訴自己，實際上也是這樣去做。跳、跳、跳……身體向上凌升，右腳沒有踏到堅實地面，左腳跟著輕飄飄地降落、降落、降落……

知道不對勁，卻嫌太遲，她已跌進未加蓋的壕溝。牽連心肺的痛楚，她沒有辦法也沒有力量喊叫出聲。濃黑的霧靄，從四周重重地壓逼著她，感到自己正慢慢向遙遠的地方飛颺，一切的聲息都已靜靜地停止、停止……

是蚊蟲振翅、鳥叫、蛙鳴……嘈雜聲塞滿心田、耳鼓，她迷迷濛濛醒來，半睜著眼，發現不是躺在水溝，而是在圍滿人群的病床上。

「好了，醒過來了。」

「是不是要動手術？」

「那要等大夫決定。」

她已聽出聲音，也看到形象了。那是老闆夫婦和阿雄、登財等，圍在護士小姐身旁，七嘴八舌地問。

太太語調顯得緊張而憤怒，「她真的是流產？」

「大夫是這樣說的。」

「可是，她怎麼會懷孕的？」護士小姐職業腔調。

「這……這個，我們不知道。」

老闆也插嘴重複太太說過的話：「她怎麼會懷孕的！」

阿花是想撐直身體，指著老闆怒罵一頓的；但全身沒有力量；即使有力量，也沒人聽得懂她的意思——李大富就是利用她這弱點，才這樣欺侮她的。

「這要問你們兩個。」老闆氣嘟嘟地把目標轉移，責問阿雄和登財。「你們趕快坦白地說！」

「我不知道。」阿雄連忙為自己分辯。「平時我只和她開開玩笑，旁的事要問登財。」

登財搶著搖手，「我不明白，一千個一萬個不明白。現在該問她自己。」

老闆裝出憐憫的味道。「她現在跌得這樣子，怎麼能說，遲早會追出根來。」

「那樣最好。」阿雄冷酷地說。「現在這兒沒有我的事，我要走了。」

沒有等到主人同意，阿雄已旋轉身跑出門外。

登財囁嚅著自語。「阿花一定是冤枉，冤枉。準是碰到什麼壞蛋，用武力……」

「你少說廢話！」老闆立刻攔住話頭。「不明白的事，不要信口胡說，還不快點回去看家。」

「我……我等著阿花動手術，聽消息……」

「這是小手術，用不著你擔心；我們回去會把結果告訴你。」

病房只剩老闆夫婦了。太太彎著腰靠近她臉龐問：「妳覺得怎麼樣？」

她搖頭，不作聲，只想到死；還有就是沒有見到黃志堅，感到遺憾；但這兒沒有人送信給他。實在說來，也不希望黃志堅知道她處在這樣的困境。

真不明白，黃志堅知道事實真相以後，是同情她，還是唾棄她？

一陣陣痛楚襲擊著她，汗水浸濕了滿臉、全身。眼前人影模糊了。恍惚間，老闆的軀體，已變成搖搖擺擺的酒瓶，淡藍色的液體，在瓶中晃蕩。

剎那間，搖擺的酒瓶傾倒在她的臉龐，她似乎聽到李大富的呢喃：「妳打我一記耳光，我已原諒妳了；可是妳原諒我嗎？」

她不想回答，仍想舉起手來，再抽他一記或是無數記耳光——把他的面頰打腫，也贖不清他的罪惡；何況她沒有力量撐起手臂，只能發出幽幽的嘆息。

「等妳身體復原，我會為妳安排——」

耳中又嗡嗡地鳴叫，聽不到任何言語和聲音了。她彷彿在一片昏黯的房屋裡，摸不到門窗，看不見道路，在四面牆壁中碰撞。沒有一絲光亮，帶領她走出那閉塞之宮，唯有等待光明；不，她是在等待死亡。

恐懼的感覺，隨著顫慄上升。她不怕死亡，但沒有見到黃志堅，未能把自己的痛苦，向他傾訴。他和她一樣，都是殘障者，會不會同「病」相憐？

太太說：「你不要在那兒儘囉嗦了。阿花要靜心休養。你窮嘮叨管什麼用！」

「我是在安慰她，在動手術時，一定要心平氣和，信任醫師……」

阿花在心底咕嚕：鬼話，他說的全是騙人的鬼話，為什麼以前竟會相信。現在發現他的卑鄙和醜惡的真面目，已嫌太遲了。她一定要告訴黃志堅，唯有黃志堅能領會她的心情，同情她的遭遇。痛苦啃嚙著她，全身有如浸浴在汗水裡。醫師、護士怎麼不來了呢？她需要死亡，死亡來得太慢了。黃志堅想不到她躺在這病房裡，當然不會來看她。等待無效，還不如……多麼矛盾。她是想對黃志堅說明一切的。

護士小姐輕飄飄走進來，揚起手中的紙片。「手術馬上開始，誰負責簽字？」

丈夫對太太說：「當然是妳。」

「為什麼是我？應該由你負責。」

「我！我負責？」丈夫愣然片刻，宛如立刻醒悟。「對，對，我來負責。我馬上就簽名。」

阿花感覺到李大富，是在用那黃桿原子筆，把她的生命，一筆一筆畫去、抹去，最後的一絲聲息，一點形跡都在慢慢消逝、隱沒。

她被推往手術室的途中，仍感到老闆那枝筆，像根木棍似地在揮舞。把她的肉體、靈魂捶擊成一片片，搗爛得像一堆堆木屑，被風吹得飛舞、星散，聽不到任何聲息。

——一七九一年四月《中國時報・人間》

背負盾牌的人

熱烘烘的音樂，配合著圓形、菱形的流動光體，場地裡噴射著香水味、脂粉味，舞池內鮮跳活躍的男女，嘻嘻哈哈，快樂的浪潮隨著音樂顛簸、迴旋。

王治榮摘下脣角的半截香菸，在菸灰缸內揉死，側轉面龐對同座的何敬之說：「你下場吧，不要老是陪著我。」

「我和你一樣，對這沒有多大興趣。」

「你是來尋開心的。」

「不，我陪你來觀光——是無條件的陪伴。」

但他不是來觀光，現在還沒法把目的向何敬之說明白。實際上，他自己也弄不清，來這兒是為了好奇，還是為了要查明劉炳燦的底牌：瞞著太太在外面胡攪些什麼。

王治榮的目光射向舞池，搜索到炳燦和莉莉，正親暱地交談，彷彿忘了身在何處，更忘了還有他和何先生在注視他們。

音樂頓住，炳燦和莉莉雙雙坐在他們對面。

「王經理，」莉莉假睫毛下的眼珠，直直地瞪住他。「要不要叫我妹妹曼娜來陪你？」

何先生插嘴問：「她真是妳妹妹？」

「和親妹妹差不多。」

炳燦笑笑說：「你們不要聽她的，這兒的小姐，全是她的姊妹。」

莉莉的目光，在炳燦的臉上掠過，隨即落在空蕩蕩的舞池中。彷彿怪他不該拆台。

炳燦似已察覺到這一點，站起打圓場。「我這就通知曼娜小姐轉檯子。」

誰都不想攔阻。炳燦為了賺一大筆意外的金錢，表示自己慷慨和在外交際靈活，主動邀請姊夫玩個痛快。王治榮才和何先生來認識劉炳燦的世界。

這世界花花綠綠，是銷金窟，也是墮落的最佳場所。他必須閉起一隻眼睛，從朦朧的煙霧罅隙中去體認，才會達成他太太劉明妮（是炳燦的姊姊）交代的任務。

他問莉莉：「劉先生對這兒的人很熟悉？」

「差不多的人都認識他。」

「他常來？」

「一個禮拜才兩三次。」

王經理心中暗自吃驚。這已經夠多了。估計炳燦的薪水袋，全部倒在這兒都不夠；劉家全部生活費用怎麼辦。難怪明妮再三叮嚀，要查明她弟弟的交際情形。

「都是妳陪他吧？」王治榮說出口，就覺得後悔；一時又找不到適當的言語遮飾，忙結巴著。「他說妳舞跳得很好。」

「你信他的！我們這兒的小姐都跳得不錯。」

音樂又響起，王經理覺得再沒有什麼好談的；而且這不是聊天的好地方，便轉臉向何先生說：「該是你表演舞藝的時候了。」

何敬之仍賴著不肯下場。也許是莉莉覺得無法再和王經理談下去，便軟說硬勸地慫恿小何走進舞池。

王治榮見他們像兩條魚在池中翱翔，目光展望全場，人人臉上掛著淺笑。但笑聲彷彿隱藏著無數偽善、貪婪、欺詐……炳燦怎會選這種場合，作消磨時光的地方。

「曼娜馬上來。」炳燦回座時向姊夫報告。

姊夫從菸盒中抽出兩枝菸，一枝給炳燦，一枝塞進自己口中。

兩人噴出的煙霧，在溷濁的空氣中糾結時，姊夫關切地問：「你在這兒花了不少錢吧！」

「不多。」

「一個禮拜兩次，一個月算起來，數字會少？」

「有時是免費的。」

「免費！」王經理驚訝地叫。「誰免費？」

「莉莉。」

他心底喊了一聲糟糕。花錢要比「免費」有利得多。多少錢跳多少時間，是一種職業性的買賣行為；如果莉莉肯免費伴舞，就有情感的成分在內，問題就會複雜得多。他姊姊真要為這事煩心了。

然而，他不大相信。莉莉願意白陪有婦之夫的炳燦跳舞。在風月場中打滾的女人，為了生活，為了物質享受，往往是金錢超過一切，不易受情感的囿限。這樣一想，便覺得炳燦的話，沒有幾分可靠性。

「她會傻到這種程度？」

「事實就是如此。」

「你應該知道一種常識。」王經理連連噴著煙霧，目光又搜索何敬之和莉莉的方向；內心突地改變了主意，不想在這兒說教，如果找到適當的機會，再慢慢勸喻還不遲。

炳燦不服氣地追問。「是關於哪一方面的？」

王治榮心中的怒惱，慢慢膨脹、上升。「要贏得這兒女人的心，必須有兩樣東西。」

「是什麼？」

「第一是年輕。」王經理見炳燦的外表，年齡不算太大，雖然已超過三十歲，但看起來只像二十六、七；身材短小精悍，談不上英俊，莉莉不可能愛上他。

「第二呢？」

「是金錢。」

「要多少，才夠條件？」

姊夫真想啐他一口，但覺得這不是地方，也不是時候。炳燦該掂一掂自己的薪水袋有多重、多厚，才能揣測別人的想法。

「堆起來，有對方那麼高，秤起來，有對方那麼重。」王經理覺得仍不夠清楚，又加了一句。「還要繼續不斷地增高加重，使對方永遠不感到缺少、匱乏。」

「可是，莉莉不是像你說的那種女人。」

「她是怎樣的？」

「純潔、善良，沒有一般女孩的壞習氣。」

更糟，那是愛上她了。王經理的目光，又追逐在莉莉身上。她的風度、儀表確是討人喜歡，但內心真如炳燦所說那樣的高尚？

腦中突地閃出一星火花，王治榮急著問：「她知道你已婚，有了孩子？」

「這……這個，」炳燦偏著頭想想。「她應該知道；不過，莉莉沒有問。」

這是最大的破綻，他也許有意無意暗示，將來會和莉莉結婚，騙取一時的情感。莉莉準誤認炳燦是個「理想丈夫」，為了未來的歸宿，便犧牲對金錢的想法和看法。

「愛芳知道你在這兒玩？」話出口，就覺問得很傻。愛芳是炳燦的太太，天下哪有把治遊的事告訴太太的丈夫。

「知道一點點。」

「她放心？」

「為什麼不放心呢？這是我唯一的愛好。」炳燦用手敲擊桌面，應和著鼓聲。「我只是跳舞，不談戀愛，更不追女人。」

胡說，這些能分得開？莉莉免費伴舞，那是代表什麼？如不是劉炳燦自己亂吹，就是莉莉生了錯覺，誤以為他有很多錢或是沒有結婚。但這樣的謎底，遲早會揭開的。

炳燦太自信了。愛芳不放心，許是藏在心底，而不是表現在臉上或口上：誰知道他姊姊是不是受了愛芳的請託，才要姊夫留意炳燦的行為。

王治榮板起面孔，認真地說：「愛芳知道你喜歡跳舞，絕不會知道你喜歡伴舞的人——」

炳燦雙手搖擺，似乎表示不要聽，也不願意他往下說。「現時還談不上。我在她身上花了一些錢，彷彿她有點過意不去，正想慢慢還我。看，曼娜來了。」

曼娜對炳燦的熱絡勁兒，一直用冷冰冰的態度應付。王治榮為了打開尷尬的場面，插嘴進去問長問短，才打開了僵局。

莉莉回座，便和炳燦低聲嘟囔，像已三年沒見面，突地在這場合邂逅相逢。

王治榮對她們撇下客人，相互說笑，感到奇怪。他是遊覽公司的經理，全靠勤儉刻苦起家。剛創業的當兒，戰戰兢兢，不敢多浪費一塊錢，才慢慢地投資了許多事業，現在經濟基礎雖然穩固，仍遵守本分；為了洽談生意，才偶爾到交際場合參加應酬，從沒來過這家舞廳，所以才拉何先生同來。何先生似乎也和他有相同的感受。

如狂飈暴雷似的音樂，捶擊在大家的心田、耳鼓，誰都聽不到誰談論什麼。

王經理的嘴唇靠緊何先生的耳朵問：「你看出有什麼不對勁？」

「知道一點點，現在還弄不清。」

「你下場吧！」

何敬之雖同意他的提示，但劉炳燦已搶先扶著莉莉躍入舞池；他只好和曼娜共舞。

這情況一直保持下去，王治榮冷坐在一旁，注視兩對舞伴。何先生和曼娜跳得輕鬆，談得也愉快；而炳燦和莉莉，似一直在爭論不休，雙方的面孔，都板得很緊，像隨時都要爆發爭叫的場面。

不但在舞池中咕嚕，回到座位以後，兩人還是爭得面紅脖子粗。

他們已移坐在側旁另一張檯子上，相隔比較遠，王經理聽不到莉莉和炳燦爭些什麼，便問何敬之。

何先生凝神諦聽了一會兒，低聲回答。「好像是為了錢。」

「錢不該有問題啊！炳燦最近賺了很大一筆數目。」

「我可以問莉莉小姐。」

「莉莉會說？」

「莉莉在人多的時候談這問題，」何敬之顯出一種權威的神情。「一定是想藉這機會公開出來。」

這該是最好的時機，如果何敬之的判斷正確，他就可以圓滿達成太太交付的使命，用不著兜圈子，再費神去探聽。

王治榮慫恿地說：「你就抓住機會問吧！」

音樂一響，何敬之就領著莉莉下場，炳燦口中叼著菸，默默思索，似乎不想和曼娜共舞。剛好這是一支慢步舞曲。王經理也想利用這機會，便和曼娜走進舞池。

才轉了一圈，曼娜便問：「劉先生是王經理的親戚？」

王治榮暗地吃驚。剛介紹時，沒有說明頭銜，只是稱王先生，曼娜怎會知道他是經理。

不能否認經理，更不能否認雙方親戚關係，只含糊地點頭。反過來問：「妳怎麼知道的？」

她滿臉的笑意。「一看就明白。」

「妳和劉先生很熟。」

「才不哩，你沒有看到莉莉和他爭論嗎？」

「爭什麼？」

曼娜又故作神祕。「那是他們兩個人之間的事，誰知道。」

王經理沒法再問下去，但從神態和表情，可以看出曼娜知道他們之間的問題。

他放棄了追問的企圖，目光在舞池裡探索，見到何先生擁著莉莉舞向自己；而何先生一直聽著對方訴說，不住點頭，似在表示領會、贊同；更像在遙遙向他致意。

大家歸座，應該輕鬆和諧了；但緊張的情勢，並沒有因為隔了兩支舞曲，而有所改變。

王經理等待機會問何先生究竟，但莉莉的僵硬聲非常刺耳：「你今天一定要給我。」

由於炳燦背對著他，而且聲音比較低，王治榮無法聽清，但看得出炳燦是在盡量隱瞞，最起碼是用不讓大家聽到的聲音在和莉莉談判。

莉莉的聲音又加大了些。「如果不給我，我要請大家評評理！」

炳燦仍輕聲咕嚕，氣氛顯得更凝重。

王經理問身旁的何敬之。「他們為什麼爭吵？」

「為了金錢。」

「炳燦欠誰的？」

「欠舞廳的，也是欠莉莉的。」

不對。炳燦說是免費的，怎會欠莉莉的舞資。如果真的欠帳，炳燦這次賺了不少，也該還清債務。

王治榮搖頭：「我不懂。」

曼娜插嘴解釋。「劉先生簽的帳單沒有付，由莉莉小姐代付的。」

音樂又響了，何先生拉著曼娜走進舞池；炳燦和莉莉仍爭辯不休，似乎已失去下場的興致。

王經理移動座位，坐在炳燦身旁，關切地問：「你們有什麼困難，提出來可以大家一起研究。」

莉莉沒有理會炳燦的眼色和手勢，獲救似地搶著說：「每次來跳舞，我的錢可以不要；但舞廳的錢不能老是欠下去。是不是，王經理？」

「當然，應當付清。」

可是，炳燦的表情顯得尷尬：「今天沒有帶許多錢。」

王治榮摸摸口袋，想掏出支票簿替他付款；但隨即改變主意。「回去拿也不遲。」

大家的面孔都繃得很緊，炳燦諒已無法在莉莉口中取得緩期的承諾，勉強地站起身。

「我出去想辦法。」

莉莉在炳燦離開後，帶著歉意解釋：「我如果不認真一點，他來得還要勤些。」

「妳不希望他來這兒？」

「我總覺得他年紀輕輕的，有的是前途。」莉莉吸了一口氣說：「天天來這兒玩，慢慢就會墮落的。」

王經理又燃起一枝菸，凝視著這長髮披肩的女孩，認為她說的話和她的職業不很符合，也許是掩飾逼炳燦還債的一種藉口。

他隨即刺了對方一句：「劉先生是為妳來的哩！」

「為我？真是笑話。」她頓了一下。「有一次，散場時，他請我去消夜。我覺得他很純潔，而且去消夜，也不是什麼大不了的事，就答應他了。從此，他就有了錯誤的想法，以為我是愛上了他。」

「難道妳沒有——」

「當然不會。我已是有夫之婦，還是兩個孩子的母親，不得已做了這職業，怎可以隨便愛上舞客。」

王治榮猛吸一口濃菸。突然在腦中映現炳燦的太太愛芳，在家洗衣、燒飯、餵孩子……做各種粗重工作，而炳燦卻自作多情，認為莉莉愛上了他，便以一種吃定了對方的態度，賴皮不付帳，一天一天地纏著莉莉，今天莉莉才抓住機會。

「妳結婚了，他知道不知道。」

「我沒有告訴他的義務——他並沒問過我。」

沒法再談下去，他也不想多談。在等待何敬之歸座時，他已諒解莉莉的行為和苦衷。說真的，莉莉沒有錯，那發生錯誤的到底是誰呢？

炳燦一會兒便回來了（他說帶的錢不夠，是百分之百的謊話），把成疊的鈔票，抓在手內，苦笑著對何先生和曼娜說：「今兒賺了很多錢，就是來還債的。」

「我們不耽誤你們算帳，」王治榮忙打圓場。「你們把帳算清、還清吧。」

接著炳燦就把一疊一疊鈔票放在莉莉前面。他們咕嚕著，大大小小的數目加起來，最後莉莉把厚厚的一疊鈔票放進皮包，炳燦也把剩餘的塞進自己上衣外袋，帳目結算，宣告結束。

可是，炳燦冰凍的面容，一時仍化不開，彷彿必須找點理由為自己下台。他對莉莉說：「今天的帳可以免付了吧！」

莉莉臉上仍綻出和善的笑意。「無所謂。」

王經理覺得胸中的怒火又膨脹了，為什麼今天的帳又要免付，這是哪兒學來的規矩。他問：「多少錢？」

莉莉說：「這個無所謂嘛。」

看樣子，莉莉或是炳燦都無法說出確切的數字。王治榮伸手從炳燦的袋中，抽出一疊鈔票數了數。「因為今天是你主動的請客，」他笑著拍內弟的肩頭。「我不好代付。現在我要把這些錢交給莉莉小姐，你不反對吧！」

「不錯，是我請大家來的，我當然不反對。」

鈔票已推在莉莉面前了，莉莉說：「要不了這麼多，我要去問會計小姐——」

「不必問。」王經理說：「多下來的給妳小寶寶買糖吃吧！」

炳燦驚訝地叫道：「莉莉小姐有孩子！」

「當然。」王經理笑著解釋。「她和你一樣，有美滿的家庭，這是她的一種職業。我們怎能要求她免費伴舞！」

炳燦張大眼睛，看著莉莉，再瞪著人影翩飛的舞池，有若從迷魂谷中驚醒，愣愣地說不出一句話來。

王經理喊：「跳吧，下場啦。」

曼娜和何先生走進舞池；王經理對莉莉說：「我們再下去練習練習吧！」

莉莉欣喜地走在前面。王經理想，還是讓炳燦有片刻思索工夫，好讓他認識這花花世界，以便將來能適應吧。

——一九七〇年八月《青年戰士報・新文藝》

酵

翻開報紙的另一頁，目光注視武俠小說連載的角落。昨兒已把蒙面大盜制伏在地上，雲姑的右腳剛踩在大盜身上，文章出現「待續」二字，真是吊盡胃口。熬了一天，現在總算接下了。什麼，大盜會運氣功？看，他把全身力量運在胸前，彈起雲姑的腳，雲姑的身體跟著向半空衝刺，立刻摔倒在地上……

何代華心底咕嚕了一聲：胡說八道。但是，他沒有放棄報紙，仍埋首閱讀。眼角飄過短窄的迷你裙，大紅的、淺藍的、鵝黃的……他都沒有心情去欣賞。明知胡說八道，仍細心地看下去。

可是，他對面的圓背藤椅上坐了客人，把腳伸在面前的鞋蹬上。

仍未抬頭，但心中的惱怒急速上升。這傢伙真是太不識相，如此凌辱他人……

不對，不對。想起來了。現在他還是坐在擦皮鞋的木箱，眼前正是他的主顧；武俠小說再精采，也不能繼續閱讀下去，必須開始工作。

報紙想縮回自己胸前，但隨即覺得應該讓顧客閱讀，忙仰起頭向上送——已看到客人的面目了。頭髮長得包住頸項，滿腮鬍鬚賽刺蝟，彷彿三年沒有刮過、修理過。不講究儀容，不懂得禮貌，學人家的什麼「披頭」，那是他自己的喜愛問題，你這個擦鞋的何代華管不著；可是，他那雙鞋，髒得不像話，鞋幫鞋底全是泥，該拿到河裡去洗刷，不能在這兒乾擦；更何況鞋幫已裂了縫，從襪頭穿洞而出的大拇趾像半截泥鰍，有一陣陣臭味，衝上鼻尖。

第一個反應是報紙抽回，捺在自己小腹旁；第二個反應是不替這位顧客服務。

「對不起！」何代華冷冷地說。「我不擦黑皮鞋。」

客人的右腳已從腳蹬取下，立刻又放回原處。「過去我看你擦過。」

「過去是過去，現在是現在。」

「你要擦什麼鞋？」

「白的、黃的、咖啡的、淺灰的……」

假「披頭」俯視皮鞋箱左右陳設的鬃刷、絨布、棉花球，一盒盒的鞋油，黃的、紅的、紫的……

「你說謊！」客人憤怒地用右手指著打開蓋的鞋油。「那不是黑色的？」

何代華也感到一陣耳熱；在慌急中要找出理由為自己辯護。他想了想，搖動自己的鞋尖，輕鬆地說：「擦自己的，不行。」

客人用彎曲的右手指，抓搔面頰的髭鬚，宛如不信他的話。他的皮鞋確是被灰沙貼滿，不像是剛擦拭過的波溜光亮。雖然成天為別人服務，他卻懶得打扮自己的雙腳。這是他的習性，連吳莉娟都管不了，何況這素不相識的客人。

吳莉娟是他的女友，算得上是未婚妻，如果她在這兒，一定會反對用如此態度對付客人。

由她反對吧，橫豎她看不到，看到也不願改變自己的原則，絕對不為這客人擦鞋。

客人惱怒地大叫：「你不給我擦鞋，是為了看武俠──」

「武俠又有什麼不好！很多大學教授都在看，我算得了老幾？」

「你和大學教授相比，呸！」客人從椅旁站起，揮舞雙臂嚷嚷。「你成天鑽在刀呀、劍呀當中，逃避現實。十年前我就在這兒看到你──」

「看到我又怎麼樣？」

「那時是擦鞋童，今天還是擦鞋童。」

「你管得著！」

「我是說你不求長進。」

「你長進？」何代華倏然跳起，指著客人鼻尖說：「看你這副長相，不是在陰溝裡打滾，就是在黑巷裡過日子，我從來沒在大街上見過你……」

「你敢罵人，罵人的擦鞋童──」

「你曉得我有多大，還說我是擦鞋童！」

「長到一百歲還是擦鞋童……」

「……」

誰都不讓誰，一句句吵起來，馬路上和走廊兩頭全堆集了人群，看這互相「剝皮」的兩個男人吵鬧。

何代華鄰座的夥伴陸武雄，忙上前解圍，拉住那骯髒客人，坐在他的藤椅上勸慰道：「他不擦，我幫你擦，還不是一樣，你不嫌我的技術差吧？」

「不嫌，不嫌。」客人已把左腳踏在陸武雄鞋箱的腳蹬上，捲衣撩袖狠狠地說：「就是看不慣那傢伙，擦鞋還要挑肥揀瘦……」

陸武雄已用粗大的毛刷，替那客人刷滌鞋幫和鞋底交接處的泥灰，圍觀的群眾，見已沒有精采的演出，便悄悄各奔西東，走廊又恢復了寧靜。

何代華氣憤地坐在鞋箱上，本想抓起那段武俠小說，接下去看雲姑是真的摔倒了，還是故意用的誘敵之計，要給蒙面大盜一個苦頭吃。但目光在密密麻麻的字行間梭巡，模糊一片，卻找不到剛才打斷的部分。好吧，隨便看一看。「房地產」、「尋人」、「人求事」、「事求人」……

那髒兮兮的客人，仍和陸武雄邊聊天、邊諷刺，當然，他要細心聽，如果再用有稜有角的話傷人，他就要挺身出來理論，必要時還可以較量拳腳。

客人說：「我不明白，各種鞋都擦，為什麼不擦黑色的？」

「黑色的難擦。」陸武雄正用長柄牙刷，開始上油。「其他顏色的鞋，擦起來就輕多了。」

「對了，那是偷懶的辦法；我一看，就知道他是個懶傢伙。」

「不是偷懶，那是他自己訂的原則，不願意打破——」

「原則！笑話。你問他看，他有什麼原則？他能遵守原則？」

陸武雄很小心地上油，大概是怕油擦進綻縫的地方，染汙了客人的襪子，所以才沒有答腔，也沒有來問他。

何代華真想插口回答，我當然有原則，我絕不願打破原則，但話到脣邊，又給堵了回去。

不擦黑皮鞋，是原則嗎？不是。如果客人的鞋，平時保養得法，底和面都很油滑，擦起來不費力，擦後又能表現光和亮，他就會破例服務一次。所以吳莉娟老是說他偷懶，逃避責任，寧可閒著看武俠小說，看迷你裙下的小腿……

這兒是交通要道，一面通火車站，一面通熱鬧的市場和電影街，來往行人如蟻陣；他坐在低矮的鞋箱上，目光極自然地飄向棕色的、白色的、黃色的……柔嫩圓滑的小腿，那又有什麼錯？

錯的是沒有早點和吳莉娟結婚，所以她才如此責怪他。

那客人見大家沉默不響，又發表議論。「我的原則說到就做到。」他用右手抓搔自己的腮幫。「我絕對不理髮，不刮鬍子。」

陸武雄雙手扯住窄條絨布兩頭，在客人鞋面哆嗦摩擦，沒有抬頭。「你是要做『披頭』？」

「不是。」

「是『西皮』？」

「管他什麼東皮西皮，」客人湊鼻子表示不屑一談，更伸右手撈獲閃進走廊的一脈陽光。「什麼都不是，我就是我自己。」

何代華在旁冷冷地打量他，絕不是因為和他吵了架，才看不慣那怪樣子。實際上，那客人的頭髮長而亂，加上聖誕老人式的鬍鬚，就三分不像人七分倒像鬼。身上穿的是花襯衫，裹緊的瘦長褲差不多要榨出肉汁來。如果不是腳上穿的這雙又大又粗的破皮鞋，乍看準以為是女人。

細看後，認出是男人了；但年齡分不清。不知他是二十幾，還是三十幾、四十幾。

陸武雄把客人的左腳搬下，才有時間欣賞客人的嘴臉。開始刷右鞋的泥灰時，大聲咕嚕道：「你這樣不講究外表了，還要擦什麼鞋？」

「鞋子不擦不上油，壞起來比較快。」

「壞的不去，新的不來。」

「當然，我不在乎買鞋的錢，可是，我不願穿新鞋。」

「新鞋如果不合腳，」陸武雄擦鞋的動作，也透出輕蔑和嘲諷的意味，和語調一致。

「穿起來準會彆扭、不舒服，是不是？」

「新鞋不能配合我的思潮……」

何代華把報紙翻來翻去，「分類廣告」看完了，覺得沒有什麼好看的。如果他替這客人擦鞋時，一定要把鞋油刷在他白得發灰的短襪上；有適當的機會，還要把鞋油塗上兩隻咖啡色褲腳，好讓他全身上下，協調配合。此刻只能瞪眼看對面四方牆柱上的各式各樣招貼。長形的、梯形的、平行四邊形的；紙的顏色，也是花花綠綠，內容奇奇怪怪，雖然看過多少遍了，還是有意無意地瞄幾眼。平時有這好機會，雖然是陸武雄的客人，他也可以插嘴說笑，不幸的是，他們頂撞在先，堅持不願打破原則，把事情鬧僵了。假使他替這位客人服務時，就要好好教訓他一頓。

陸武雄說：「你應該自己擦鞋，不必照顧我們——」

「我本來就是這樣打算。」客人顯得激動，雙手去抓那帆布篷空隙下流淌進來的陽光。「買回鞋油，打開盒蓋，用不到兩次就乾了。」

「怎會乾得那麼快？」

「快極了，中國的鞋油，就是不好；我用過外國的，用完了也不會乾。」

「你沒有檢查過，外國的鞋油盒上沒有鑽孔——」

「中國的鑽了孔？」蓬首客人振臂表示不服氣。「我看所有的鞋油盒，都是一樣的。」

何代華悶坐得不是味道，聽他們聊天，不但報紙看不見，連路旁線條優美的小腿也沒心情欣賞。擦鞋的客人凌辱他，已忍無可忍，在別人工作時嚕哩吧嚇，更打破了往例。此刻還要歪曲事實，彷彿他就是全知全能。挑撥起胸中火燄狂燃，再也按捺不住了。

隨意從鞋箱旁抓起兩只鞋油盒的空蓋，何代華躍起擎在客人眼前，大聲說：「你看，這是什麼？」

客人真的仔細察看盒旁的細孔，有訝異和恍悟的綜合表情。那只是極短的瞬間，隨即板起面孔，冷硬地叱責：「我和大人談話，與你『擦鞋童』何干！」

「你年幼無知，我特地來教訓你……」

雙方的嗓門又高起來，陸武雄把他推回原座，又恢復擦鞋的工作。同時，何代華對面的藤椅上，又坐了一位三十歲左右的女客，難題又在考驗他。

他的原則是不為女客服務，而且這女客雖穿白色高跟鞋，但一隻鞋大概是踏入陰溝或是窪坑，全被淤泥染成灰黑，恐怕比一般的黑鞋還要難擦得多。

擦吧，撕碎了原則；不擦吧，那找碴兒的客人，又要抓住機會攻擊，迫使他下不了台。

這倒楣的原則，由吳莉娟釐訂的。那是一種保護作用，怕他在為女客服務時，製造些特別機會。實際上她的想法完全錯誤。一般的女客，不會坐在椅上伸腿給別人擦鞋，如果有勇氣、有膽量坐上走廊的藤椅，那女郎一定不簡單。

眼前的這位女客，化妝和穿著，都顯得時髦和世故；脫下染汙的高跟鞋，擊在他面前，用自然的腔調（其中多多少少含有命令的意味）問：「這鞋擦得白吧？」

她該問願不願擦的，這叫他怎麼回答呢？那和他吵嘴的「披頭」，正豎耳聽，凝神看著他們。如果又吵鬧起來，該是多大的把柄。

「當然擦得白，」他堅定地說。「妳得付雙倍的錢。」

「這不是明明敲竹槓，」女客哇叫起來。「天下哪有這種道理！」

「如果嫌貴，妳就不要我擦，可以另找別人。」

女客旋轉脖頸，探視其他座位。真巧，五個擦鞋攤位，全在工作，她沒有選擇的餘地。「好吧，上當一次，以後再不光顧你這地方了。」

本來，何代華想說，我再也不會替妳擦鞋了。但聽到那鬍鬚虬結的人對陸武雄說：「擦鞋還要受氣，我以後再也不來擦鞋了。」

陸武雄說：「對啦，你不必來光顧我們，應該進理髮店。」

「為什麼？」

「乍看起來，你像先生，又像小姐，說得難聽些，就是不男不女，也許，也許……」

「也許怎麼樣？」

「也許警察會義務替你服務。」陸武雄說，「還是自己主動理髮的好。」

「那是我的『原則』，不能打破。」

「在我這個沒有學問的老粗來看，你一點沒有原則，只是固執、任性，好東西不學，只喜歡學外國的幼稚病——」陸武雄把擦鞋布抖得「卜卜」響，用力擦揉，緩和那緊張氣氛。

「好哇！你倒教訓起我來嘍！我不要聽。」披頭連忙搖手阻止。「我們不談這個。現在我問你：外國的鞋油盒上，為什麼不鑽孔？」

「這……這個我……我不知道。」陸武雄向何代華嘛嘛嘴。「你問他吧。」

何代華已把白鞋的泥汙刷掉，正在塗敷鞋膏。「這道理很簡單，外國人大多數很勤勞，鞋都是自己擦，所以工廠製造鞋油，專為自己擦鞋的人打算，用上三兩個月都不會乾。」

「中國的鞋油工廠呢？」

「都是為我們準備的。」何代華得意地大叫。「我們打開鞋盒來用，也不會乾。」

「胡說八道。」

陸武雄接著說：「他的話沒有錯，我們忙碌時，一天用上兩三盒，鞋油絕對乾不了。」

女性化的蓬頭連連顛簸，表示領悟。「我以後也要跟外國人學——」

「學勤勞負責、工作認真？」陸武雄緊接著問：「不是專學壞榜樣吧！」

「我決定自己擦鞋，讓年輕力壯的這些擦鞋童餓死，再不能在馬路上逞威風，裝英雄——」

「很好，很好。」陸武雄截斷演講詞。「我還要建議你去對面的那家理髮店，找三號理髮小姐，把你的性別糾正過來。」

「為什麼？」

「『三號』的技術高明，再說，」陸武雄又向何代華呶嘴。「又是他的未婚妻。」

「活見鬼！還有小姐要嫁給那個沒有原則的懶蟲，我就去找『三號』理髮師告訴她……」

何代華把刷白的一隻高跟鞋摜在地上，躍起大叫：「『三號』絕對不替你服務。」

「為什麼？」

「他們那一家是男子理髮廳，不是『美容院』。」

「披頭」搖首苦笑，似已領會到他的諷刺。「不管怎麼說，我一定把你懶惰的事實告訴她，讓她考慮……」

他沒說完，就旋身向對面街道搖晃，何代華正想縱上前去，抓住那散亂的長髮，揍他鼻子一拳。但藤椅上的女客，捏起嗓子驚叫：「你這是怎麼的，摜壞我的鞋，就要你賠償！」

「妳檢查吧，看哪兒壞了？」

女客抓起高跟鞋，從鞋頭看到鞋跟，再從鞋裡看到鞋面，一定是找不出破綻。但仍用馬臉對待他：「我一個子兒都不給！」

何代華愣了一下，隨即伸直雙臂哈哈笑。原來這顧客，是為了對他要雙倍擦鞋錢的報復。他可以裝成凶惡的樣子，一定要把白色皮包的錢掏出去，她會哭鬧喊叫，行人和左街右巷的男女老少都圍攏，剛走開的「披頭」也許會和莉娟一道出來，查問原由。嘰喳鬧嚷，道理說不清。莉娟會說，我早就告訴過你，不要擦女鞋。是不是看到她漂亮、時髦、小腿很長？

十張嘴八張嘴，也分辯不清。莉娟會說，你早就想改行了，為什麼不改，貪安逸，想舒服？到今天人人說你不守本分，你確是沒有決心，沒有勇氣，我錯估計了你……

冷顫起自心肺。那是莉娟和他發生爭執時，經常訴說的言語。他雖是二十五歲的大男人，仍是個「擦鞋童」（披頭這麼說的），沒有莉娟的決心和勇氣。她最初趿著拖板，在大街小巷賣獎券，眼睛尖快明亮，他們的藤椅上坐了客人，她就來兜售。歲月和生活把那小女孩蒸發得高大成熟，從她手中出去的獎券張數慢慢多起來；可是她不要做這種輕閒的工作，要學一種技術。進入理髮店，從掃地、洗衣、拿毛巾開始，慢慢地看、學、練習，現在已是最優良的理髮師了；而他十年來，仍是和毛刷、絨布打交道，難怪莉娟老說他不求上進，不肯奮發。

女客見他默默沒有答腔，彷彿看出他知錯、認錯，精神上宛如獲得很大的滿足。那隻被擦的高跟鞋，已穿在腳上，走了兩步，再踅轉軀體，打開皮包，摸出一枚硬幣，再摸出一枚，在手裡掂了掂。因為何代華沒有伸手，她像不知道怎麼辦才好，踟躕了一會兒，終於從皮包裡又摸出一枚硬幣，「嘩啦」在藤椅上，便昂首挺胸，「得得」離去。

何代華弓腰迅捷地抓起那三枚輔幣，想立刻砸在那女客人的身上、頭上、臉上。但沉甸甸的感覺壓在手心，便改變了他的主意，只是把那三枚汗濕的銅板，一個一個地拋在走廊旁的水溝裡。

陸武雄驚訝地叫：「你瘋了？錢還嫌多！」

他搖搖頭。「不幹了，我不擦皮鞋了！」

「這算什麼，受了一兩句閒話，就洩了氣？那兩個莫名其妙的客人算什麼。」他再搖頭。「我早就不想幹了。你看，」他指四方水泥柱上貼滿的招紙。「有那麼多的重要工作，等著我們去做。這擦鞋的事，讓給婦女和小孩去做吧。」

沒有等到陸武雄回答。他俯腰把刷子、絨布、棉花球以及鞋油等零碎物品，全部塞進鞋箱。抓起那份報紙時，又想起「分類廣告」中密密麻麻的「事求人」，便把報紙摺起塞進褲旁插袋。

藤椅拖近水泥柱，他站在椅上，揭下一家鋼鐵廠的招募啟事。然後縱下把鞋箱放上藤椅，再對陸武雄說：「如果莉娟來了，請你把我去『應徵』的事告訴她。」

何代華量了幾大步，仍想轉回頭來，看看陸武雄以及其他夥伴們臉上的表情和反應；但心底升起的一種自傲和矜持，迫使自己一直走向前去。

——一九六九年七月《青年戰士報・新文藝》

候車

晶細的雨絲，絞纏在長途汽車招呼站的周圍。

吳曉白縮起頸子，鑽進四無遮攔的候車亭。木條釘成的座凳，被斜射的雨絲濡濕；有個凸肚細眼的中年男人站在凳旁，斜睨一眼，彷彿賭氣地說：「車子剛開走，你還要坐車？」

他不愛多話，本想不搭理；但這是個偏僻的鄉村小站，乘客不多，有人聊聊也不錯。

「你怎麼不上去？」

「我只差一步，該說是兩步。聽到哨子聲，眼睜睜地看著關起門——」大肚子舉起兩隻肥手，模仿車輪轉動。「就是這樣呼嚕嚕、呼嚕嚕地跑了。」

似乎聽到胖子發出微微嘆息。但是吳曉白毫無懊喪意味，客車過去一班不打緊，還有第二、第三……無限的班車會來，他一定要進城。妹妹來信說，她和她的兩個朋友在總站等候，絕不能失約。

「要趕時間嗎？」他為了禮貌，不得不表示關切。

「有十萬火急的事，恨不得插翅飛去。」

「為啥不另外設法？」

「你看，有啥法子好想。」

路上有各種型式的車輛奔馳，宛如暖潮侵襲時的游魚，頭尾銜接，顛倒梭行，沒有一輛空車。展望路的盡頭，透過白茫茫的霧靄，除了濕漉漉的路面外，沒有一輛可以乘坐的車輛。

那麼等吧！最急的事，人力無法挽回，只有聽其自然發展。妹妹的朋友，沒有一個看得上眼，不是髮型怪，就是服裝或外表長得怪。他們在一起說笑、吵鬧儘夠了，要找他這不合群的哥哥幹什麼？

身旁大肚皮的乘客，究為何事焦急？抓耳撓腮，雙腳踢踏蹭蹭，有如表演西班牙熱舞。

可是，沒有觀眾。他對眼前的事務，漫不經心，卻想到妹妹的約會有點特殊。信上未說清楚，另外的兩個人是誰。妹妹有一個要好的男友——大家說是她的未婚夫——經常纏繞在一起；怎會又多出一個遊伴來。

胖子又問：「是公事還是私事？」

「公事怎會在禮拜天去辦。」

「赴約？」

吳曉白勉強點頭。

「男客還是女客？」陌生人太囉嗦，也逼人太甚。本想給他碰一個硬釘子，回說不知道。但話頭到了舌尖，改變成「男女都有。」

細眼故意縱聲笑，沙罐似的破嗓門，像要銼斷聽覺神經。回眸見他上下眼皮黏成一條線，額角的網狀皺紋又深又醜，真不願多看。心裡嘀咕，怎會和這樣的傢伙同車？

大肚皮說：「好吧！你必須快點進城。」

「你自己呢？」

「當然，不論有什麼車，要一道去，我們有相等的機會。」

兩人的目光，都傾注在雨霧中行駛的潤滑車輛。凸肚皮倏地叫一聲，吳曉白忙扭轉脖頸，見晶亮的一位女郎，冉冉移步而來；穿鮮紅短大衣，純白小絨帽，顯得又活潑又俏皮。細小的雨粒，似乎從她肢體滾落在路面，跳進候車亭，隨即有擁擠和溫暖的感覺。

然而漂亮的女孩昂首看天，目光未掃射近處，似乎沒有察覺他們的存在。

雨絲仍繼續噴繞，大小車輛不斷地嗚咽、嚎叫，但卻沒有一輛停在站邊。

大肚皮沉默了片刻又悄悄地問：「你知道她是誰吧？」

是乘客，是鮮跳如鯉的女人；除此以外，他又能知道多少。為了表示禮貌，不願頂撞，只容忍地搖動腦殼。

陌生人橫量一步，欹斜著頭顱，靠近吳曉白，顯得既親密又神祕：「舞女。」

「你認識？」

「沒有錯。我認識她，她也認識我……」

低語呢喃，模糊得聽不清，他也不感興趣，一心一意盼望班車早點到達，好進城去和妹妹會晤。

突然之間體會到了，妹妹今天急於見他，是為了介紹一位同學和他認識。他懂得妹妹的心意，見哥哥是個長年的「王老五」，妹妹有責任、有義務替他物色嫂嫂。捏起手來數：第一是介紹長頭髮的女孩。妹妹剛說完「這是我大哥」，那女孩便哼了一聲，低頭看準路旁的一顆菱形小石塊，用綠色鞋尖，猛力一踢。石頭滴溜溜地向半空斜射，然後跌落在滿是荷葉的池塘。面頰似被銳利的貓爪抓了一把，掉頭便跑，沒有理會妹妹的尖叫。

妹妹雖然怪他不能容忍，但是憤怒平息之後，又介紹一個馬面型的女孩給他認識。他默默地陪她們玩了一個下午，沒有表示自己的意見——那女孩再也不願和他交往了。今天，妹妹又要介紹一個什麼樣的女孩和他認識呢？

細眼咕嚕了一陣，露出困惑的神情，故意歪頭問：「我可以去問她？」

身旁多一個喋喋不休的嘮叨漢，確是一個極大的累贅：此刻正好藉機慫恿。「既然認識，便用不著客氣。」

凸肚皮的男人，真的挨挨蹭蹭站在紅衣女郎身邊，細語頻頻。但那女郎有如木雕泥塑，絲毫沒有反應。頭不動，眼不眨，似缺乏聽覺和觸覺，根本就不知道身旁站了一個饒舌的人物。

不由得不欽佩年輕女孩的冰冷如霜。大肚皮準是認錯了人，一個熟識的舞女，怎會用如此態度對待舞客。

第三次看腕錶，到站已等了二十分鐘，仍沒有班車的蹤影，眼前候車亭又來了一老一少。老翁約六十歲，戴黑邊的玳瑁眼鏡，似乎和年齡不相稱；而女孩是十二歲左右，髮梢打紅蝴蝶結，穿牛仔褲，邊唱邊跳，像是老頭的孫女。

老人說：「阿莉，妳站在路邊，看到空車就攔。」

「等吧，一定會有空車的。」

大家的視線，集中在來路盡頭，瞭望飛馳的汽車。吳曉白的目光，仍斜睨臨時湊搭在一起的男和女。滿以為那大肚皮，受到意外的冷落，準會尷尬得連滾帶爬回到自己身旁——這臆測像流星在腦際滑過，隨即為目擊的事實推翻。原來板緊面孔磁石般的女郎，不知被細眼的什麼話逗得噗哧一笑，兩人立刻笑成一團。

小女孩說：「我們來得太遲了，早來就有車坐了。」

老頭抹抹眼鏡邊，歪頭打量嘻笑的一對男女，「來得遲早沒有關係，妳還是等吧。」

「去遲了，就看不到猴子表演了。」

「會看到的，一定會看到的。」

「可是車子還不來。」

吳曉白的焦急升達巔峰，是受蝴蝶結小女孩的話影響，還是鄙視那紅衣女郎？原來的敬意，剎那間被她的輕浮舉動融化，已轉變為厭惡，不願和她並立在候車亭中多留片刻。

唯一希望，是妹妹跟他介紹的女孩，不要像紅大衣這樣沒有骨氣；和任何人交往談笑都可原諒，與大肚皮攀舊交情確實丟臉。

這時，忽有一輛龐大客運班車，搖搖晃晃咆哮而來。

小女孩搖著雙臂跳著，叫著：「停車，停車。」

老人和吳曉白連接在女孩身旁，排成一線，車速已慢慢減低。看到車廂中高高矮矮的男女乘客，顛躓搖晃，同時瞥見車頭的玻璃上，有殷紅的「客滿」字牌。腦海裡還沒辨明真相，抵達身前的班車，突地加速衝刺，故意吼叫著轟隆駛去，只留下一縷濃煙，拌和在細密的雨絲中，散布在候車亭四周。

蝴蝶結翱翔飛舞，攘臂尖叫：「會表演的猴子看不到了，大家去不成了。」

老人撫慰地說：「不用性急，還會有車子來。」

「來了不停，有什麼用。」

「會停的，我們這兒人多，大家都要進城。」

吳曉白歪轉脖頸，見胖子和紅衣女郎僵立原地未移動腳步，彷彿料定班車不會靠站。大家騷擾了一陣未坐上車，站回原地。沉著穩重的一對，面露喜色，似乎在譏嘲三人的心浮氣躁。

該早點告訴妹妹，他不喜歡妹妹所有的朋友和同學；寧可自己在人海中摸索。甚至於眼前最使他厭惡的紅衣女郎如果願意和他說話，他便會喜歡她，也許會愛她。管她是舞女、酒女……看外表，確是討人喜愛。大肚皮說的話絕不可靠，像根本就不認識那女郎，怎知她的職業和身分？

老人說：「我們去坐火車吧！」

小女孩噘起嘴脣反對。「到火車站的路很遠，我跑不動。」

「妳不是要看猴子表演嗎？」

「假使我們走了，汽車來了怎麼辦。」

老人低下頭思索，似乎默認小孩的話中肯。吳曉白憎惡那對有說有笑的男女，原想改變計畫乘火車進城，聽了小女孩的分析，也不願離開這候車亭。

然而，班車沒來，卻有一輛灰褐色空計程車，從快車道斜滑向停車站，停在近旁。

吳曉白箭步向前，正欲打開車門；但司機尖起嘴脣吹了吹。他掉轉頭，見身後男女的表情，就知是大肚皮叫的車。

紅衣女郎擺動肢體，掛在肘上的漆黑皮包跟著晃蕩。「不要坐計程車，我只要等班車。」

「班車不知道什麼時候來；來了也不停。」

「我不急著進城。你著急，先請吧。」

「不急，不急，我陪妳。」細眼睛揮手向司機示意。「我也喜歡坐班車。」

吳曉白搶先進城的衝動沒有了。司機打開車門，用目光徵詢是否要搭車；他毅然搖搖手。

小女孩拖著老人膀臂，掙扎著上前。「快點，我們上車吧！」

老人岔開兩腿，矗立不動。「我們也不要坐。」

司機吹聲口哨，猛力闔攏車門，再按響喇叭，發動馬達，呼啦啦駛走。

計程車駛走，吳曉白有點後悔；自己趕時間要緊，不該和那陌生男女賭氣。妹妹是在車站廣場等待，沒有座位，沒有遮蔽風雨的地方，一分鐘又一分鐘地盼望，現在已過了半小時。妹妹為著哥哥的婚事，多待一會兒不要緊；可是別人也有那麼大的耐性，等待他這個不守信用的人？

蝴蝶結偏著頭想了半天，又懷疑地問：「我們這兒有一、二、三、四，」她彎起右手食指點數著，「有五個人，為什麼不同坐一輛計程車？」

「人家不願意和我們坐在一起。」

「我們沒有問人家啊！」

老頭的目光從吳曉白身上，飄向竊竊細語的男女，倏地大聲說：「我不喜歡和生人坐在一起。」

「那又為什麼嘛！」

老人搖頭，表示不願回答，也許是指小孩不懂的事不該多問。

沉寂的場面，由汽車急駛的呼啦啦聲和拖長的喇叭聲填塞；同時聽到遠處火車的鐵輪在鋼軌上敲奏。火車頭的長嘶，震撼山谷和大地。

老人用遺憾的聲音遮飾著心虛。「聽我話，坐火車就好了。」

小女孩不服氣地反駁。「火車從城裡來的，你看：煙囪冒煙的尾巴。」

吳曉白見老人斜睨著眼睛審視，但濃煙滲入雨霧，只是灰茫茫一片，分不出煙頭煙尾。

紅衣女郎露出牙齒問：「你說這班車是進城還是出城？」

細眼睛用左手拍拍凸肚皮。「這時候的火車不會進城的。」

「那麼我們還要在這兒等？」

「當然，一直等到妳喜歡坐的車子來了，我們一起進城。」

「可是，我不想坐車子，我要回家。」

大肚皮急蹬著雙腳，顯得踧踖不安。「妳身體不舒服，要請假不上班？」

「一個同學介紹我認識他哥哥。」

「那得快去啊！」細眼睛似乎傷心地揉著眼皮。

「可是，又接到她的限時信，她哥哥病了……」

吳曉白的腦門，彷彿被一根鐵棒，重重地一擊，霎時清醒得全部想起來了。他曾用限時信告訴妹妹，說是自己病了，要求改期見面。此時此刻怎又跑來這候車亭等車？

不錯，妹妹說過，這次介紹的女孩，就在他的寓所附近，認識以後，交往起來方便——難道就是這個女孩？

胖子說：「要介紹和你認識的那個男孩是誰，你知道吧？」

「知道！」

「就是——」胖子又用手掌拍肚皮，說英語一個字：「我！」

「才不是你呢！」紅衣女郎抓起皮包，裝作擊打的姿勢。「我今天穿了大紅的衣服因為人家叫作『小白』——她哥哥雖然病了，我的同學還在等……」

她話沒說完，蝴蝶結女孩便大嚷：「車子來了，快上車嘍，我們可以看到表演了。」

紅衣女郎似在猶豫，但大肚皮的男人拉她一把。「上車吧，進了城情況就不一樣了呢！」

哨子聲、喇叭聲伴著車輪滾動聲奏鳴了一會兒。候車亭前的馬路上，只有雨絲絞纏在半空，凝結成茫茫的霧靄。吳曉白解脫似地吐了一口悶氣，緊緊抓住車亭的圓木柱，大聲地責問自己：「我是不想進城的，怎麼也跑到這兒來候車？」

——一九七〇年一月香港《文壇》

綠色波濤

長方形大辦公室內的桌椅，行列整齊；四部電話機雄據案頭，散發出鈴聲、吆喝聲、喧嚷聲。懸於天青色天花板下的六架風扇，吱吱唔唔、搖搖晃晃地協奏一闋狂亂交響曲。人們倉皇、忙亂，在彼此座位間流竄，嘟嚷，似在醞釀一件看不到、說不出的什麼特殊事故。

江芝內心煩悶，不想過問眼前的瑣事，只是抓緊鐵筆，埋頭刻鋼板。但今兒確有點怪，不是筆跡太輕，畫不透蠟紙；就是用力過猛，挑成一個三角形的裂口。索性拋下堅硬的筆桿，舉起右手，檢視指節旁被磨起的硬繭。

手指流血流膿的日子過去了。僅剩下這點紀念；紀念那充滿幻想的時代，以及多少辛酸、淒涼的往事——但今天不想這些，要了解人們為什麼會如此浮動不安，要研究辦公室內空氣的壓力，怎會如此凝重。

只要轉動脖頸，就可以看出男同事的座位零零落落；尤其是活躍的男孩子，差不多都集中在最前排穿綠色衣裙的蕭淑芳座位旁，圍成一團，像眾星拱月。

妒忌、失望、憤怒……都不必。這是自然現象。新考進來的蕭淑芳，年輕貌美，像一尾剛從湖中撈起的鯉魚，志得意滿，首尾招展如風擺柳。一個個臭男人，便簇擁在她身旁諂媚地叫囂。

她回顧了一下，最後大辦公桌上的魁偉軀體不見了，僅剩一張高大而可以轉動的圓背椅，靜靜地瞪著大家，難怪人們如此喧擾。

四部電話機陡然全部停止，彷彿是接受同一指揮者的手勢，人聲也跟著平息。擠在長髮披肩的蕭淑芳身旁的老K說：「妳今天一定要賞光。我們為妳接風，妳好意思不到場！」

蕭淑芳的齒音尖利。「謝謝，不敢當。我今晚早已有約在先。」

老生薑搶著出主意：「打電話取消好了。」

紀學林拍響手掌，大聲嚷嚷。「好主意。這是面子問題，辦公室裡全體同事請妳，妳怎好推——」話沒說完，掉轉臉龐，正遭遇到江芝詫異的目光，便驀地斬斷。

江芝慢悠悠站起，抹平坐皺的玄色窄裙，一步步向人堆推近。鞋後的鐵質高跟，重重敲擊亮滑的磨石子地面，篤篤的單調聲響，增強她若干聲勢。

她對紀學林說的話，大起反感。你對蕭淑芳獻慇懃，為什麼要把大家——連她也扯進去裝場面。紀學林平時在她身旁轉來轉去，說盡甜言蜜語；從蕭淑芳進了辦公室，態度便突然轉變。

「紀先生的話不全對。」江芝拉開嗓門，打斷唧唧喳喳的嘻笑鬧嚷。「我並沒有請蕭小姐。」

蕭淑芳臉上的笑意逐漸隱褪，兩手扶桌面霍地站起。「老大姊，您看：我怎麼辦？」年輕的女娃娃，嘴巴挺厲害；在這麼多男孩子面前，明捧暗損。她明年才進三十歲大關，現在就能算「老」？七八年前，還不是和蕭淑芳一樣，脖子伸得挺直，兩隻眼睛長在額角上，把誰也不放在眼內。總認為整個天下都屬於自己的，怎會想到受冷落的今天。

她已穿過人堆，擠到蕭淑芳身旁。「當然應該去！」江芝故意停頓片刻，察看各人的神情動靜，再接著解釋。「妳不去，我怎麼好作陪客啊！」

僵硬的場面被一陣哈哈打破，尤其是紀學林的笑聲特別嘹亮。「江小姐是最佳陪客，我們請都請不到。」

「別硬戴高帽子，不嫌礙手礙腳就夠了。」

老生薑說：「江小姐真會說笑話，我們一定要請妳多喝一杯。」

老K說：「我一定要多請妳吃一塊肥肉！」

哄笑聲中夾有得意、輕視、嘲諷等味道。大家連江芝在內都懂得老K話中的意思。那是說她太瘦了，必須靠肥肉來使她健壯些，豐滿些，更討人喜歡些。

大家既如此作弄她，她定要好好地報復——等著瞧吧。她拍拍蕭淑芳的肩頭。「妳坐下，我們來研究一下。」

「研究也沒有用。」蕭淑芳的紅脣，湊近她耳旁低語：「我的未婚夫在等我，陪大家去，就會有很大的不便和誤會——」

笑聲在江芝內心氾濫。這批聞腥逐臭的男人，見到年輕女孩子，像馬蟥聽到水響；也不打聽這剛進來的打字員出身和背景，就盲目地崇拜，一窩蜂地擠在人家迷你裙下；她真為這些堂堂男子漢感到難為情。

「那麼，」江芝仍在心底急急盤算，也湊在她耳旁說：「和妳未婚夫一道參加，雙方都會滿意。」

「不，他怕羞，不願在公開場合露面。」

天下哪有這樣男孩子，許是蕭淑芳的託辭。她年紀雖輕，花樣兒倒不少。

此刻不能使大家僵在此地，必須使空氣緩和。「妳先答應他們，」江芝勸慰地說：「我們慢慢來想辦法。」

「很抱歉，我無法同意。」

老K大聲喊：「請妳們聲音大一點，讓大家滿足耳福！」

紀學林拍響手掌：「我提議公開外交！」

接著便是一陣雷雨似的掌聲。江芝感到又好氣又好笑。辦公室主管去開會，便成為「山上無老虎」的世界，猢猻們吵吵鬧鬧，吱吱喳喳。尤其是紀學林，平時畏縮在殼內；此刻有如突地長高了一截，在蕭淑芳面前，有說有笑，恨不得把全身的精力，和滿肚子學問，全顯現在這黃毛丫頭的眼前。

好吧，你們要公開就公開吧！江芝扯直嗓子喊：「蕭小姐要赴未婚夫的約會，沒法陪大家聚餐。」

「謊話！」驀地裡插進一聲男高音。

「不信，你們親自問蕭小姐。」江芝的怒火更升高了幾丈。

然而，蕭小姐沒有抬頭，只是捏著紅色卷宗的一角，捲起又放開，放開又捲起。面龐上紅了轉白，白了泛青。提到她未婚夫，該顯出得意和驕傲才對；怎麼竟變成這憤懣和羞赧的神色。難道怪她洩漏了祕密，不能在男孩子面前賣俏。

老生薑上前一步，歪著頭逼近蕭淑芳問：「江小姐講的話是真的？」

「我不知道。」

「這話可奇了。」老K搖著頭。「『不知道』代表什麼呢？是真的，還是假的？」

紀學林拍著腦袋瓜，思索地說：「不管真假。如果她給我們面子，就是假的；不給我們面子——」

「就是不給！」蕭淑芳突地坐下，兩手打開卷宗，仔細地低頭讀起來。

圍在她身旁所有的人，包括江芝在內，臉上都像被塗了一層膠水，皮膚連著肌肉慢慢皺縮、皺縮、皺縮……那尷尬的窘態，確是不好受。

江芝慢慢走向自己座位；大家也繃著臉踢踢踏踏縮回。她雖然對蕭淑芳如此地耍小姐脾氣，不顧同事臉面，感到有些氣憤；但見鮮活跳躍的男人，個個碰了「硬釘子」，被撞得頭破血流，便有說不出的愉快；似乎要感謝那新來的打字員一番才夠意思。

她剛坐在圓背藤椅上，抓起鐵筆準備工作；但抬頭便見紀學林臉色鐵青地站在她辦公桌旁。很有效，抓不到年輕貌美的女孩，仍然回到又老又醜的她身旁。

不能嘲笑，陪他聊天也不錯。摜下鐵筆，蠟紙不寫了；科長不在辦公室，休息一會兒也是人之常情。

「妳的本領很好。」紀學林冷冷地說。「我們全被妳打敗了。」

「客氣，客氣。」她沒笑出聲，僅在內心鼓起一串氣泡。「你們是全部獲勝的冠軍。」

紀學林的臉色仍極陰黯。「我們雖沒有獲勝，但妳自己也是失敗的一邊。」

「我？我並沒參加戰鬥。」

「妳參加了。」紀學林的語調中含有憤懣，停了一會兒才扭轉脖頸問：「妳知道我們辦公室裡有什麼組織？」

「組織？你應該了解，我對政治毫無興趣。」

「不。」紀學林搖搖頭。「這兒的人，除了妳以外，誰都參加了『慈善委員會』——」

「你們勸募金錢和衣物給誰？」

「給妳。」

江芝舉起雙臂大笑。她家中有田地房屋，父母不要她供養；必要時，製新裝還得向父母伸手。為了求發展，她獨自出外工作；拿的薪水雖然不夠花用，但不必靠救濟。紀學林真會開玩笑，竟把她當作施捨的對象，但為何沒看到救濟物資。

是的，她要慢慢查問：紀學林和那許多鬼男人，怎會出這鬼主意。「你們的『委員會』成立多久了？」

「一年多。」

「你們怎不告訴我，」江芝真的大冒肝火。「是假我的名義去招搖撞騙？」

紀學林頻頻搖頭。「妳應該有點幽默感；我們的『慈善委員會』不是物質方面的，而是精神方面的救助。」

她打了個冷顫，肢體跟著觳觫起來。「你……你是說……說……你們大家憐憫我……？」

「不錯，妳該有自知之明。」

眼淚急速奔瀉，低頭伏在桌上，不讓人們看到她這副可憐的哭相；但抽噎聲人們會聽到，悲哀痛哭的形狀人們會看到，這將更是大家茶餘酒後談天說地的好材料。主管不在辦公室，她也不必留在此地受羞辱；就是請假二小時也值得。

江芝猛抬頭，見紀學林已回到自己座位；辦公室中有如降了一層厚霜，顯得寒冷而蕭瑟。

她把桌面的文件，稍微拾掇一下；鎖好抽屜，抓起皮包，即匆匆地衝出大門。

街道上有綠得耀眼的陽光。簡直分不清楚是綠還是紅。紅燈、綠燈交互閃爍；白色斑馬線的間隙中又是一片綠色，確是綠色的恐怖，彷彿又聽到天花板下綠頁風扇的吱吱唔唔、搖搖晃晃。

回到自己宿舍，躺在吱吱響的竹床上，眼前仍是一片濃綠，抹不開，化不去；像浮雲，像波浪，圍繞著她，顛蕩著她，她感到暈眩、震顫。

哦，明白了，是蕭淑芳身上蘋果綠的上衣，草綠的窄裙在視野裡擴大、搖晃。不知是妒忌，還是羨慕。這兩種不同的情緒在腦海裡糾纏不清，敲敲打打。如果沒有姓蕭的來這兒，辦公室裡的男人不起鬨；紀學林也不會對她說如此的話。

話說不說倒沒有關係，問題是有沒有「慈善委員會」的事實存在。大家真以為妳是個沒有出路的老處女，到了接受男人施捨的地步？他們怎麼施捨法呢？陪她聊天，假意地噓寒問暖……？

她從床上跳起來，站在長方形的玻璃鏡前，仔細察看自己的面容：枯黃、慘白，皺起眉頭，便有一條條火車軌道似的橫紋，深刻在額際。過去那紅潤、細膩的肌膚再也見不到了。

不，她從來就沒美麗過；她如真像自己所想的那樣漂亮，一個個男人如陳德清、胡慕雄、鍾貫英……等等，就不會離她而去。最使她難過的，和她同時賃屋居住的黃美蘭，是同鄉、同學，也是朋友，竟忍心拋開她和一個又老又醜的男人結婚。黃美蘭比她長得美，年紀也比她小兩歲，她是可以抓一個適當的丈夫的，竟那麼猴急地出嫁；而且離開這小屋，連來都不來了。

江芝又踉蹌地倒臥在竹床上，高跟鞋被踢翻，顛倒地橫臥在枯朽的地板上，也沒心思撿取和擦拭，只是一心一意地想著。如她也像黃美蘭一樣，早已和紀學林結婚生子了。

細細想來，姓紀的除了髮禿、腰駝外，就看不出還有什麼缺點。性格軟弱，綿綿纏纏，能在她座位旁東扯西拉，天南地北地聊個半天——啊，那就是施與她的「慈善」？

真是如此做，為什麼又要告訴她？就為了她宣布蕭淑芳的訂婚祕密，但那是新來的打字小姐親口告訴她的，她只是傳播一下，就引來莫大的「報復」。

不，紀學林除了在辦公室故意和她「慈善」一番外，時常抓了一本書，到她這小屋來瞎三話四。有時，她要燒飯洗衣服，沒空陪伴，他就面對著一本書死啃。最初，她以為姓紀的目標是追她的女同學；但女同學搬離這小屋，紀學林不斷地來施捨溫情，那又是為什麼？

江芝焦躁地翻了個身，用手拍擊自己心胸，想不出排解愁悶、懊惱的方法。看看書桌上的鬧鐘，已是六點零五分，該是吃飯的時間了；而她仍沒有起火。

「篤……篤……」

她豎起耳朵傾聽，是敲門聲；而且是敲自己的門。敲得很輕、很慢；從記憶中搜索，經驗裡想不出像這樣腔調敲門的是誰。也許是結婚生子的黃美蘭，來看她這老處女的同學了。

骨轆地從竹床跳下，赤著雙腳去開門。拔開門閂，才想起該問問是誰；但此刻已來不及了，門被推開一條縫，一個男人的頭擠進半截。

她嚇了一跳，邊用雙手推門，邊大聲喊嚷：「你是誰？」

「是……是我……是紀學林！」

這才想起，屋中沒有開燈。小屋中的電燈，是和房東共用一只電表。房東太太見她早開燈，或是遲關燈便大聲喊叫。為了賓主平安無事，她盡量遲些用電。當然，今晚因受了紀學林的凌辱，才分不清天高地厚，失去時間觀念。怎麼這討厭蟲，居然還敢跑來找她。

「走開，快點走開！」江芝扭開門旁的電燈大叫。「我不要見你！」

「但是，我要見妳。」紀學林強硬地擠進門，「我希望妳聽我解釋。」

她突然發現挨靠在她身旁的紀學林，高大得像一座山峰，要抬起頭才能仰望。這巨大的軀體遮蔽著自己，像快要傾壓在她身上，不得不退讓一步，再一步——紀學林卻一步步跟進來了。

「我不聽你的話，更不要解釋；我永遠不接受施捨！」

「不，妳錯了。」紀學林矗立在她面前低聲說。「接受施捨的是我，我今天來是向妳求婚。」

她看著紀學林的面龐，沒有一絲開玩笑的意思，這一天，值得慶祝、歡騰。黃美蘭，妳沒有什麼可以驕傲的，我也可以和妳一樣地結婚生子。蕭淑芳，妳只是個新來的職員，坐在最前排；終有一天，妳會慢慢向後挪移，而把顯眼的位置讓給更年輕、更美麗的女孩子去坐；年輕的男同事們，又會簇擁在另一個人的身旁鬧嚷呼喊。這就是人生。她雖沒到三十歲；但在一日之間，突然長大了，成熟了，領悟到生命的玄祕了。

可是，她怎麼回答紀學林？如果他在未說出有「慈善委員會」的事實之前，或是沒有在蕭淑芳面前表示饕餮之前求婚就好了。

「你的行動嫌太遲了！」

「為什麼？」

當然不能把內心想的告訴他。「我已答應了別人。」

「妳說謊！」

紀學林的臉上發白、發青、發綠——她腦中又飄蕩著綠色衫裙。妳還要妒忌蕭淑芳，羨慕？

江芝心底深處嘆了一口氣。「我為什麼要騙你。」

「妳……妳說……誰是那幸運的未來新郎？」

「那是我個人生活上的祕密。」她覺得淚水快要溢出眼眶，忙舉起雙臂搖晃，遮蓋著自己容顏。「我不必告訴你，你也用不著追問。我的話說完了，請你出去，我要休息。」

屋中又是空空的，靜靜的。六十支光燈泡，發出黯淡的光，顯得毫無生氣。她肚子雖然很餓，但沒有力氣生火、煮飯、燒菜；在小屋裡轉了兩圈，覺得無事可做，便猛地倒在竹床上。但滿眼的綠色煙霧迷濛在四周，她有要嘔吐的感覺。

於是她翻身站起，捻熄電燈的開關；一陣黑暗襲來。她倒在床上時想：房東太太該高興了吧！但她又好像聽到辦公室那天花板下的風扇吱吱唔唔叫囂了。

——一九六七年一月《劇與藝》

多走一圈兒

我再不能像隻拉磨的驢，圍著這圓環轉圈兒了。

說起來多沒意思，沒有目標，沒有終點，還像幼稚園中的小娃娃，做這簡單的遊戲，被老師同學看見，不被笑死、罵死才怪。

好吧，又碰面了，不記得是廿五次還是廿六次了，總而言之，心煩得快要爆炸；但還裝得很高興的樣子和潘宏握手。

潘宏臉上也堆滿假笑。「石亞德，你好嗎？」

有什麼好的，沒有吃，沒有住，今兒夜裡準睡走廊，餓癟肚皮，再讓冷風風乾；明兒爸爸媽媽來收屍，也不要到學校講人情，藉事故請假，受左鄰右舍笑話了。

想起爸爸媽媽責備我的神氣，立刻回答：「很好，很好。你呢？」

「過得不錯，挺有意思。」

重複過廿五、六遍的話，聽起來遠不如剛聽到時那樣新鮮、刺激。潘宏大我一歲，個子也比我高半個頭。平常說話就很夠味，上課時會惹得同學大笑，氣得老師乾瞪眼；可惜和我同班才一年。後來他說，不願意上我們這個學校——實際上是被「勒令退學」的；他替自己臉上貼金，才說這樣大話，使大家流口水，都想跟他在一起玩。

我就是因為有這種想法，才陪他在這兒兜圈子。如果說是不後悔，鬼也不相信。後車燈、路燈、霓虹燈……一切發光的物體中，透視潘宏的三角臉，看出四分像人，六分像鬼。頭髮又長，蓬蓬地遮住額頭；學生服又髒又皺，緊緊地裹在身上，像根綿軟軟的油條。臉上更蒼白得像蓋了一塊屍布。

握牢的兩隻手放鬆了。潘宏又扭轉身體，開始走第廿六或是廿七周。按照預先約定的辦法，我也得背對他，跨起大步朝相反的方向走；然後相遇、握手，偽裝、親切寒暄……

但又冷又餓，逼得我要發瘋，要作懦夫。只稍微地猶豫了一下，便跳上前去，抓住他一隻胳膊，真想跪在地上，苦苦哀求，但還拿不定主意。突地眼前一亮，一輛紅色計程車，毫不講理地衝在我身旁，才氣嘟嘟地緊急煞車。不是我的運好、命大，車輪就要輾上我的大腿、小腹、腦袋瓜。

「見你的鬼！」我罵完了汽車，再轉頭對潘宏大吼。「我要回家！」

他縮縮頸子，兩手一攤，模仿電影明星的動作。「回家？我沒拉住你呀！」

汽車得意地駛走，留下一股濃煙，在眼前滴溜溜轉。我伸直右腳猛力一踢，一個小石子被鞋尖送得很遠，推滾了一陣，被後面趕來的一輛卡車壓扁，陷入柏油路面的窪坑。

我很同情那粒石子的命運，更憐憫自己的不幸。「你沒拉住我；是用繩子綑住我

——」

「繩索呢？」

我舉手畫一根抽象的弧形。「我真像一隻拉磨的驢兒，你也像——」

「神經發炎！條條大路可以回家。」潘宏滿臉敷了一層瞧不起人的臭表情。「我向這兒去，你朝那兒走，請便！」

拳頭揚一揚，想猛擊潘宏的後腦殼；但看看他的身材比我魁偉得多，如果比力氣，定不是他的對手。光棍不吃眼前虧，我何必要在此地逞英雄。

腦門裡還打不定主意，潘宏的軀體像上了發條，又一步步繞著圓環踱方步。機會錯過，只有下次見面時再說——除了做驢子，看看就沒他法可想。

走了幾步，才想起沒有打他，就該罵他。你沒用繩綑住我，是你把我從老師和父母的身旁拉出來，我沒臉回家、回學校，只好變作一片流浪的雲跟著你，化成一葉浮萍在茫茫人海裡飄蕩。

我確信自己是個天大的傻瓜。好的壞的主意不少，就是來得遲些。早點想到這些，就不會跟住這「扁甲蟲」到處流浪了。

「扁甲蟲」這外號比潘宏吃得開。三天前，我隨著大夥兒升旗，做早操，剛回到教室，抓起令人頭痛的數學課本，還沒有看到兩行，就聽有人說「扁甲蟲」找我。

我的記性實在壞到透頂。聽到「扁甲蟲」三個字，愣了半天，才想起那是去年和別人打架動刀子的同學。本想賴在教室裡，不和他見面；後來又怕被別人批評我趨炎附勢，不夠義氣，便硬起頭皮，一步步挨向操場的一個角落。

潘宏滿不在乎拉雙槓，盪來盪去，撐上撐下，根本沒把我們這個學校放在眼內——他在這兒退學，又穿另外一所學校的學生制服，看起來還是挺神氣，很像特地來「示威」的味道。

我看不慣，掉轉身，想用腳後跟朝他；但「扁甲蟲」喊住了我。「來，我們聊聊，不要怕！」

面皮發燙，內心祕密被揭穿，怪不好意思。真有點怕，怕同學瞧見我和他在一起；更怕導師囉囉嗦嗦。導師的心眼兒不錯，就是嘴碎。一天到晚唱著讀書啊，前途啊，光陰哪，努力哪。品行第一啦，交朋友要當心啦……這些話誰不知道，班上的同學，大的十七八；年紀小的也有十五六；念國小一年級的時候，蓬頭髮的女老師就說過千萬遍了，還用得著他來背誦。班上平安無事還好；稍微出點岔兒，就訓得大家頭昏眼花。若是他看到我和問題人物「扁甲蟲」在一起鬼混，不說破他嘴唇，敲破我耳膜，我就把石亞德三個字倒過來寫。

「不行，上課了，改天吧。」我的腳步慢慢向後挪幾寸。

「你還是那麼傻，」潘宏的手揮出一個瞧不起人的姿勢。「課又有什麼好上的！」

經他這麼一說，為了要充好漢，不得不陪他從操場到校園，在滿是椰子樹和油加利天地裡東碰西撞。上課的鈴聲一陣陣在心底震顫，但他仍是談談那個老師，問問這個同學，把我要上課的事忘得一乾二淨。

我怕被老師和同學看見，在濃密的樹蔭下，找一塊假山石，示意他坐下。

但他只是輕蔑地一瞥。「我們出去，翻牆走！」

他怎麼好命令我做這樣的事。有些同學中午翻牆出去買東西，下午翻牆早點離開學校；從沒聽說這麼早要做這樣的事。

我心眼兒雖多，但悶在肚裡說不出口。明知「扁甲蟲」的話講得不對勁，也不想費力氣辯駁，只是反問：

「為啥不走大門？」

「副校長讓你出去？」

門房老周，面孔板得鐵緊，見同學做了不順眼的事，就嚴厲地教訓、斥責，有時還會賞你一記耳光。因為老周的道理沒錯，同學們誰也不敢當面頂撞，所以大家稱他為「副校長」。但我無法確定這外號是捧他還是損他。

從沒想到「副校長」會干涉我的行動，因為從沒在上課的時間內溜出去。不敢犯這樣大的過錯。頂多在上課時畫連環圖，在教科書下面壓本小說，疲倦了在課桌上睡一覺。偶然對不喜歡上的課，便躲在福利社的角落內鬼混……如果和「副校長」打交道，不管輸贏，一定很有味道。

我興奮地大叫：「現在去試試。」

「有啥子試的？」潘宏發出怪腔。「他一定不讓你出門。」

「那麼我就回來上課。」

「胡鬧，你出不去，不就影響我計畫！」

我的心猛然一跳。「你又要和別人打架？」

「去你的，我泡上一個小妞兒，你該去看看。」

他露出牙齒，好得意，好自傲，我聽了滿肚子不舒服，本該掉頭就走；但心底起了另一種想法，去看看他有沒有吹牛也好。

就這樣糊裡糊塗跟他翻牆出來，過了三天三夜也沒見到半個妞兒的影子。我該早就料到他是吹牛大王、撒謊專家的，怎會上這大當，跟他在這鬼地方轉圈兒。

是的，又碰面了。雙方伸出手互握著同時問：「你好嗎？」

在「扁甲蟲」說過「很好」以後，我馬上搶著問：「我們這樣拉磨，拉到什麼時候？」

他瞪起雙眼打量我，像要把我吞下肚似的。「到天亮！」

我扭轉頭看標準鐘架上的時鐘：九點五十五分。那多可怕，還要轉多少個二十七圈才到天明。

心慌意亂，兩腿痠痛。眼前最需要的是洗個熱水澡，立刻爬上床；管他什麼白妞、黑妞兒了。但這堅硬像石頭的瀝青路面，噴射水柱的圓池，喧嚷匆忙的人車行列……像是開足馬力的機器，不容我伸一隻腳、插一個指頭，又哪兒來的床鋪。

我失望地大叫：「我們一夜不睡覺？」

「錢呢？如果有錢，我們去住最大的觀光旅館。你的錢呢？」

「扁甲蟲」迅速轉身，又跨大步伐去測量圓環，根本不理會我的抗議。

是的，我沒錢。平時上學坐車有月票，吃飯帶便當；媽媽給的零用錢，每天都不夠花，哪有節餘。從沒興起離開家的念頭，是「扁甲蟲」騙我出來的；現在他怎能嫌我身上沒錢。

我賭氣地翻轉身便走，笨重的鞋頭，再踢起一塊菱形的小石塊，飛落快車道；踉踉蹌蹌掙扎了一番，才力竭地躺於路面，被卡車的圓輪輾成粉末。

另一個方向，衝來一輛黑色轎車。車前燈強烈的光，直刺射著我的眼睛。從白茫茫的光霧中，似乎看到無數的錢：金圓、銀圓，還有花花的台幣、美鈔……簡直作白日夢。爸爸媽媽常被債主逼得不敢回家，不敢出門。我時常想，要賺很多錢替爸爸媽媽還債；如果這兒的錢不好賺，就去外國洗碟子、端盤子——好多人說去美國賺錢容易。我要賺很多美鈔，把父母接去享福；但腦子裡想得怪有意思，從來沒看過美鈔是什麼樣子。現在受了「扁甲蟲」的窩囊氣，又要用美鈔擋回去。

許是我的心眼兒太多，錯怪了潘宏。從我離開學校門起，吃的、用的、玩的，甚至腳上這雙新皮鞋，也是「扁甲蟲」買了送我的。當時，我怎樣都不肯接受；但禁不住他再三的勸說，弄得我在皮鞋店店員面前怪不好意思。舊皮鞋綻幫了，右腳的大拇趾露出來，走路不方便，別人看了也不體面。

他拉長面孔，氣嘟嘟地說：「你自己不要臉皮，還要顧顧人家面子。」

「我穿破鞋子，與你何干！」

「小妞兒來了，看到你——你總算是我的朋友。你穿得破破爛爛的，我的臉就沒處兒擱。」

沒辦法再推辭，揀了一雙又硬又牢的學生鞋，套在腳上。潘家是屠宰商，進出的錢像流水；平時「扁甲蟲」手頭就很闊；這次他偷了爸爸錢櫃裡三千塊，要好好地花個痛快，才找我一同出來遊玩——不對。潘宏是找那女孩子，女孩子不來了，才找我頂數。我是個天大的傻瓜。

只有傻瓜才圍繞這圓環，無休無息地兜圈子。

又和「扁甲蟲」碰面了，還是老動作，說了煩透的那幾句話。潘宏甩掉手，又急匆匆向前走；但我趕緊抓住他的膀臂，氣咻咻地問：「我們到底為什麼，在這兒轉來轉去？」

他驀地一愣，停了片刻，陡然揚聲大笑：「好小子，你已懂得用腦子想問題，真的長大了。」

我厭惡他講話的語氣和腔調；但還是捺住性子抓緊他，「不管我長不長大，你得把在這兒轉圈子的理由告訴我。」

他用空下的一隻手，抓搔豎在頭上的髮絲。「這個嘛，簡單，很簡單，我在等人——」

「等誰？」

「就是我對你說的那個妞兒。」

「見你的大頭鬼！」我拋掉他那隻粗胳膊大聲說。「三天前，你在火車站等；現在……」

他揚起一個漂亮的手勢。「我們早約好。火車站碰不到；三天之後，在這兒不見不散。」

心底倒抽一口冷氣，我是徹底地上當了。他一直把我當作一個配角；女主角沒來，我只能和他做遊戲，或者說是他的一個玩具；等到他所盼望的人來了，我就會被一腳踢開。

不，我不該小看自己，還得問清楚些。

我面對標準鐘架問：「你們約的是幾點？」

「十點。」

還有五分鐘，就可判定他，也可判定我的命運。我腦子裡很亂，分不清是真實還是夢幻。那女孩子來了，我怎麼辦；如果不來，我又怎麼辦？

這該是下最後決定的時刻。我說：「我們再見了！」

「你這小子要離開我？」

「我不樂意作『電燈泡』。」

「你又能到哪兒去？」他用輕視的語調譏嘲我。

「回家。」

「家中會收留你？你也不怕打、不怕罵？」

「扁甲蟲」確是個壞蛋，他已擊中我內心的弱點。我從沒偷偷離開家這麼久，想像不出家中人將會怎樣待我。爸爸平時講話很快，喉嚨也很大；看到我，總是瞪著一雙大眼，我像是他的債務人。爸爸定是債欠得多，心思重，所以才把脾氣寫在臉上。我們家原來在東街開了一家大綢緞莊，忽然之間倒閉了；又換了一個招牌，用媽媽的名義，在西街開了一片小布店——報紙上說是惡性倒閉，我分不清；但家中天天有債主上門要錢是事實。媽媽說是爸爸喝酒太多，又把錢用在另外一個家，所以才鬧虧空。但爸爸說是媽媽成天賭錢，不照顧店面，客人都被同行拉走，所以才會蝕本。

除非爸爸和媽媽不照面；在一起，就吵吵鬧鬧沒個完。我沒法插嘴，聽得腦袋要爆炸；躲在一旁，功課看不進，只好信筆塗《王小丁比劍記》的漫畫。

一個場面接著一個場面；連畫了七張臨時測驗紙，爸爸媽媽住嘴了，我才收拾起紙筆上床。

第二天在學校上導師教的英文課時，跟著故事發展，才畫了兩張紙，就被老師抓住。老師站在講台，抖響發亮的白報紙，對全班同學說：「這是天才藝術家的『傑作』，你們要看嗎？」

「要看……」

「貼在公布欄上……」

「說給我們聽……」

同學七嘴八舌，老師迅速地翻看著畫面；停了半晌，朗聲讀著漫畫上的字：「王小丁拔出劍來，猛砍胡二姑。」「胡二姑跳在半空尖聲罵『三寸丁敢賴皮！』」「我們拚三百個回合。」「哈哈哈哈……」

整個教室攢哈哈，瘋狂、輕佻。我要鑽進地洞。老師怎能這樣譏刺我，出我這樣大洋相？他該研究我的家庭，了解我內心的苦悶，為什麼不聽課要畫漫畫。男女同學，在一個教室內上課，給那麼多男女同學看到多難為情。

老師說：「石亞德，到前面來！」

本來我就不想上前；但站在後面，大家看不到我，我也看不到大家；就搖搖擺擺跑往講台。

老師的眼睛瞪得很大很圓像酒杯。「你為什麼不聽課？」這還有什麼理由好說的。我看清每個同學的面孔了，男生們幸災樂禍，女生們裝成同情也有表示不屑的意味。大家的眼睛彷彿在說，有你瞧的了；你逃不掉這關，以後也不要再做人了。

我說：「這很簡單嘛！我對聽課沒有興趣。」

「為什麼？」

「你講得不好嘛！」

整個教室又齊聲攢哈哈。有鼓掌的，吹口哨的；還有拍桌子的，用鞋掌搓粗糙的水泥地的。是贊成、還是反對，我不大分得清；但老師把漫畫紙撕得嚓嚓響。連連說：開除、退學、記過。

當然，侮辱師長必須記過。現在逃學三天，又要給多大的處分？

處分愈大愈好。老師和同學，都不要我在班上；我就做一些別人做不出的事，讓大家瞧瞧石亞德確是和別人不同，也和弟弟不同。

弟弟在學校裡，學業成績不是第一就是第二。爸爸沒有錢還債，媽媽沒有錢買菜；但卻湊了錢配玻璃鏡框，把弟弟的獎狀懸掛在客廳：一幅、兩幅、三幅……客廳裡全是弟弟的天下。有客人來，媽媽指著獎狀說：「我們家老二，又聰明，又用功，嗯，將來的前途啊，誰都無法預料。」

「你們家老大呢？」

「不要提他啦，他是個『額外人員』，根本就不像石家的孩子。我們也不管他，讓他自生自滅——」

媽媽全是騙人。她管的事太多了。考試成績不好罵我；陪遠別歸來的同學看場電影，晚上遲些回家，要等著罵我到深夜——除非她坐在牌桌上看不到我。

我的心尖像隨著輪躍的霓虹燈光，突的一亮。假使我現在回家，媽媽如果在牌桌上，最起碼今夜要安眠到天亮；一切問題可以等到明兒談判。

但我離家這麼久，爸爸仍有心腸喝酒，媽媽仍有閒空打牌？回家被辱罵的痛苦，比在這兒轉圓環要大得多；還是接受「扁甲蟲」的指揮吧。

我們又開始相背而行了。潘宏對我確是不錯。在這次愉快的旅行期間，我們坐快車，住大旅社，還遊了不少名勝地區，他掏錢付帳時，眉毛都不皺一下。又慷慨，又夠義氣，我把他拉我出來的怨恨，早已一筆勾消，現在陪他兜圈子等女朋友，吃這點苦又能算什麼。

想開了，步子跨得又大又快，一會兒便見到「扁甲蟲」慢悠悠地晃蕩。怎麼，他見到熟人了？正在舉手打招呼。

哦，原來是一個女孩子蓬著頭，我是土老二，少見多怪。那是「披頭」、「阿哥哥頭」。喜歡和「扁甲蟲」在一起混的女孩，總是那一類角色，用不著大驚小怪。

看看標準鐘架的時針，十點正。她懂得遵守時間的習慣，應該表揚。

不對勁。潘宏身旁圍了不少人，有男人、女人。看熱鬧的，還是因為他違反交通規則？走得愈近，看得愈清楚。大家用手勢、用嘴巴、用表情在和「扁甲蟲」講話。像是表現親切、關懷——說不定在責問。定是那個小妞兒給他帶來了麻煩，如果不約定在這兒見面，「扁甲蟲」家中的人，怎麼抓住他。

我繞著慢車道行走，避開糾結在一起的人群。只有裝著不認識潘宏，希望潘宏也不要和我行握手禮，說預先約定要說的話。如他打發走那些纏繞的人們，我們還可以圍在這圓環旁踱方步，講怪話……糟了，潘宏舉起右手向我求援哩。「石亞德！來吧，我們握手，你好嗎？」

「很好，很好。」我扭轉頸子避開向我注視的那些驚奇的眼睛。更糟，圓環的右側，也有一群人揮著手向我走近。

我低著頭，能用什麼蒙起臉來才好。可是，不行，鑽地洞也來不及。他們已看清我，我也認出他們是爸爸、媽媽、弟弟，還有導師，就是那位戴眼鏡的英文老師。

「亞德！」爸爸邊喊邊躍向我。「你怎會在這兒遛達，不想回家？」

這有什麼好說的。「我不知道。」

弟弟抓住我的膀臂猛搖。「哥哥的名字，登在報上，好大啊！你有沒有看報？」

我摔脫弟弟的手，用動作駁斥他的胡說八道。「有什麼好看的。」

「好看得很哩，還有照片——」

弟弟的話沒說完，老師已走近身旁搶著問：「這幾天的生活怎麼樣？」

「很好。」

「不感到難過？離開家，離開學校，嗯——？」老師還像在課堂上那樣板起臉孔。我覺得很不好意思，當著家中那許多人，尤其在弟弟面前，受到老師斥責，也許算是關懷。對了，想不到會有這麼多人關懷我。「扁甲蟲」才供給我三天的生活，就擺出一副「老大」的面孔，教訓我、支使我。當時只感到不舒服，經老師這麼一說，心窩中的軟弱地方，像刺進一枚長針，鼻頭一酸，淚水就湧塞在眼眶。

我告訴自己，不要這樣沒有出息。這許多人，他們是為了責任，才不得不來找我。爸爸只關心債務、資本，媽媽的腦子裡只有賭經和弟弟的優良成績，老師有那許多可愛的品學兼優的模範生，誰會關心我這個逃課的沒出息的孩子。我忍住眼淚硬著心腸說：「為什麼要難過。有得吃、有得住、有得玩——」

弟弟插嘴問：「繞著這圓環跑來跑去，這樣玩法有什麼意思？」真糟糕。說不定弟弟躲在哪個角落裡，一直看我轉到二十七圈或是二十八圈。這個圓環代表無聊、寂寞、幼稚、愚蠢、痛苦……當然不能說給弟弟聽，那樣，弟弟將來會更笑話我，更瞧不起我。

我鼓起勇氣說：「怎麼沒有意思。你這小孩子懂得什麼。我要勘察地形，測量地……」媽媽不讓我說下去。「你為什麼不打個招呼，說一聲，免得我們擔驚受怕？」

老師也說：「你該請個假。」

弟弟說：「哥哥如果帶我一道出來玩，那才夠意思。」

爸爸舌尖舔著嘴脣，像湊熱鬧要說些什麼。諒是沒想好要說的話，簇擁著「扁甲蟲」的那一堆人，已湧到我們身旁。

那一堆人中的代表說：「我們回去吧——回去再談。」

爸爸擺出家長的身分發表意見：「我們也回去了，這兒不是教訓人的地方。再見！」

大家都伸出手在半空搖晃；霓虹燈的光輝，剎那間彷彿全部隱褪。天空灰灰的，圓環旁的柏油路面灰灰的，「扁甲蟲」臉色陰黯、淒涼，身上的血液，似乎全被吸光，只剩一具空殼兒，如有一陣風，準把他吹走。我想跑上前去，跟他握握手，表示一點惜別或是憐憫的意味。但爸爸、媽媽、弟弟全拉住我的膀臂，我無法轉動肢體，只有大聲喊：「潘宏，再見！」

潘宏似乎沒有聽到，也許是不願意回頭。但我堅持自己的意見，必須再繞這圓環轉一圈，才跟他們回家。

他們最初不答應；後來還是拗不過我。我用抖顫的步伐，慢慢踱了一圈；但內心一直想哭。因為我不知道自己是錯了，還是對了？是勝利了，還是失敗了？更不知道自己為什麼要大家陪住我，多走這一圈兒？

——一九六八年二月《中國時報・人間》

八哥和兔子

氣衰力竭的公共汽車，逶迤於坑痕累累的柏油路上。車輪扭舞歪斜著繪不規則的弧形，轟隆隆發出長串的嘆息、哀鳴，困頓地從郊外爬向市區。

灰撲撲的暮色，遮不住裸立的路燈和玻璃櫥窗映射的光霧。楊宣從車窗透視空間，有化不開的乳白、金黃、淺紫……等絢麗色彩。

車廂內乘客寥落。楊宣緊挨在胡德典身旁，排坐於司機背後的長條座位上，任車身簸摔、抖落、搖晃。

草綠色塑膠車墊不透氣，悶熱從四肢發散、升騰、蒸發。楊宣的睡意濃郁，一會兒被顛醒，一會兒又朦朧地飄浮於原野，虛幻和真實，似同時交錯在夢的世界中。

楊宣突地覺得被堅硬的什麼搗戳了一下，半睜開眼，倉皇地問：「到了？」

「別緊張。」胡德典的聲調裡像羼了味精或是辣椒之類的刺激劑。「你自己看吧！」

翹首望向窗外，高矮參差的鋪面，有彩色的電流跳躍、逃竄，光亮的明度和面積已大增，行人車輛都湍急地奔駛，似無喘息的餘地。縮回脖頸，才發現男女老少已把粗獷的車廂塞滿。常識在告訴他：他們已進入市區，這和胡德典的話有何關聯？

車門拉開再關起，陸續有沙丁魚向車廂填塞。車身仍猛烈向前衝刺；距目的地尚有很長距離，料定有足夠的時間養神。楊宣剛閉起雙目，胡德典的肘節骨又在搗他。他用惱怒而懷疑的目光睇視。

胡德典驚詫地低語：「你睡得著？」

是胡家的文鳥和兔子夭折了，傷心難過的該是胡德典；他和那些小動物沒有感情，怎會因此失眠。現在他們同去選購一對小鳥，一對小獸，任務完畢，他要獨自逛街欣賞夜景，讓新購的動物和胡德典結伴回家，增加友誼……這些似都與他無關。

但他還是勉強敷衍：「我正閉起眼睛想——」

「想什麼？空想不如仔細地觀察、欣賞。」

何必干涉他個人自由？被囉嗦得真的睡不著了，撐開眼瞼，見乘客的目光，都很機警地向同一方向集射。他自己的感覺也突然地變了，視野裡全是晶亮的透明光體。彷彿闖入了琉璃世界，神經被閃爍得暈眩而震顫。

這不是幻想的夢境，而是真正的現實——他看到一個又年輕又漂亮的女郎，身材美，風度雅，打扮得醒目突出。銀紅的大耳環，紫紅的枕形皮包，配上火紅的緊身洋裝和尖頭的高跟鞋，確像一團熊熊燃燒的烈火，滾進車廂，燙炙著人們的心胸。男男女女，大大小小，都屏息凝神地向她傾視；而胡德典似已忘卻可愛的文鳥和兔子，正覷著雙目，嘻笑地打量那女人身上的一分、一寸，絲毫不肯放過。

胡德典感慨地說：「那樣嬌柔的美人兒，怎禁得住顛簸晃蕩。」

「你怎不讓座？」

「離我太遠。如在這兒附近，我當然會有禮貌。」

紅衣女郎在車門旁，抓住乳白色吊圈，一寸寸向前挪移，但距他們座位仍有很長的一段距離；如讓座給老嫗或孕婦，諒會獲得不少人們的讚譽目光，但眼前卻是個人見人愛的惹火女郎。

楊宣找出理由為自己辯護。「她也許喜歡站著。」

「你這是怎麼說？我不懂。」

環視四周，察看是否有人注意他們的談話。

右側是個六十多歲的鄉下老頭，髮禿嘴癟，右手擎起約一寸長的香菸頭，銜在嘴內吧嘟吧嘟吸著；而目光卻纏繞在苗條女郎身上，似無心傾聽身旁的言語。再過去是個四十左右的婦人，雙手緊握灰色尼龍線織的皮包，尖而紅的指甲，插入線條的罅隙，似要把皮包撕毀、扯碎；上門牙咬住鮮豔的嘴脣，眼睛直愣愣瞪住那冒火花的女郎，彷彿她們之間，有深仇大恨存在。站在附近的一個二十來歲的青年小夥子，嘴角叼著菸捲，擠過人叢，挨近女郎身旁，向一個仰頭吸菸的紳士模樣的胖子借火……

車廂裡的人，精神和心力都聚集在紅衣女郎的一舉一動之間，根本不會留心他們的議論。

胡德典怎會不懂他的話。她站著會更惹火，有更多男人喜愛她，更多女人妒忌她。

但他轉了一個彎說：「她站在那兒會顯得更美麗。」

老胡頻頻點頭：「你開竅了，一定不會再睡覺了！」

楊宣胸膛的氣體逆升，姓胡的太藐視人，還以為他不辨雌雄？三十多歲的王老五，有了三次失戀經驗，還在繼續追求情感生活。他心中清清楚楚地知道她們為什麼笑，為什麼哭；也知道她們為什麼愛，又為什麼恨。他現在是家庭用品的推銷員，成日和婦女打交道，靠聽她們的言談，看她們的神情、動作過生活，怎麼會是胡德典想像中渺小的他。

但他不想在此刻辯論，要用另一種方式駁倒胡德典：「你猜猜看，她是幹什麼的？」

這彷彿又贈送胡德典一次評閱的機會。他顛簸著腦袋，從腳到頭，就差沒有把她吞下肚再吐出來，重新塑造一次。

「高貴，大方。」胡德典讚羨地點著頭。「像個讀書的大學生。」

「學生怎會打扮得這樣濃豔！」他內心譏嘲姓胡的不懂得鑑別女人。「學生的舉動也不會如此油滑老練。」

「也許是富有的千金小姐。」

楊宣斂住了笑意。「那樣怎不坐流線型轎車？」

「唔——說不定她喜歡公車上的情調。」

車又轟然煞住，人群一順地傾倒下去，又慢慢挺直。門被呼啦啦扯開，人潮波盪著湧漫，嘰喳鬧嚷。惹眼的女人，被推擁擠塞，節節向前逼近。車廂中的氣流，似乎被堰堵，呼吸不暢，還有要嘔吐的感覺。胡德典真會說風涼話，誰有了自備的汽車還願享受這活受罪的情調。

思念突地凝結，喉頭被拴鎖，全身感到悚慄不安。那洶湧的紅色波浪，一圈又一圈，一峰又一峰向身旁滾捲、捶擊。楊宣覺得自己被淹沒，無法從瀲灩的波光中泅泳而出，似乎需要別人援助。但扭轉脖頸，見胡德典愣視著挺立在膝前的女郎，像是一個失去知覺的木偶；靈魂早已脫離軀殼，怎能幫助他人。恐怕他早已進入忘我的境界了。

楊宣不得不提醒他：「你……你的禮貌呢？」

「是……是的。」他站起身，彎腰向左右的乘客簸弄腦袋瓜。「請坐……坐！」

一個穿玄色衫裙的胖女人，毫未猶豫地欠身坐下。

胡德典慍怒地瞪那搶機會的女乘客一眼，再側轉臉歉意地瞧身旁的女郎。女郎用左手捂住嘴脣對他笑，他惶惑地對楊宣叱責：「你為什麼不站起來！」

他不得不並肩排立於胡德典右側，由她從容地端坐於他原來座位。枕形皮包，橫擺在大腿上，還扯一扯永遠遮不住滾圓膝頭的洋裝下襬，顯得嫻靜優雅。一切靜止了，再微微昂首，向一對呆頭鵝，用似笑非笑的目光略表謝意。

車廂扭擺搖晃，人們也互相磕磕撞撞。楊宣完全忘卻剛上車的那陣暈陶陶的睡意。此刻腦海裡，卻有無數刀槍棍棒，在攪拌刺戳；目光中似有無數亮晶晶的形體騰躍閃爍。他應避開眼前這座女神——也許是魔鬼——該想些與她無關的什麼，好打發沒有走完的路程。

想起來了，他們是去選購小動物；談論禽獸有關的問題，定是順理成章的事。

「你那可愛的小白兔，怎麼會死的？」

靜止了好大一會兒，胡德典像才發覺是對他講話。搔抓了禿而短的髮絲半晌，大聲說：「兔子關在鐵絲籠裡，和我賭氣，不肯喝水：我就不給東西牠吃。」

「你不知道兔子不喜歡喝水？」

「真的？」胡德典驚惶失色，伸手在半空搖動，像抓不住車廂的橫槓。「這樣的事，誰都沒告訴我，我怎會知道。」

胡德典語調中充滿憤懣，像是受了很大委屈和恥辱。他一直為死去的小白兔哀愁，今天不該在此處揭他痛苦的瘡疤，必須另覓話題安慰他。

「去買一隻美麗的八哥，會說，會叫，成天陪著你，就不會感到寂寞——」

「不要。」胡德典搖擺雙手。「我不要美麗的鳥兒。」

「嫌貴，買不起？」

胡德典沉吟了一下，反問：「你知道我那對文鳥是怎麼失去的？」

楊宣用動作和表情表示不知道。在鮮活的女郎面前，為何盡談惹人傷感的死鳥和死兔子。

「兔子失去自由會餓死，」胡德典鎖緊眉頭，似在追憶那慘痛的一幕。「我不願嬌小玲瓏的鳥兒，遭到同樣命運，便把鳥籠的門兒敞開——」

楊宣搶著問：「飛走了。」

「飛走了，又飛回來，真是一對很有靈性的鳥。」胡德典深深嘆息。「不幸的是，野貓太殘忍，利爪伸進籠，攫去一隻吞噬掉。」

「另外一隻逃走了？」

「沒有。慢慢餓死、瘦死、病死在籠中，不肯離去。」

「諒是受了驚嚇，神經不正常；不知道自由的可貴；不知道靠自力維生的重要。」

「不，不。那鳥兒又聰明，又可愛，怎會不明是非，不知選擇。你永遠想不到，牠是為了愛情——」

胡德典的話頭頓住，楊宣催他說下去。「為了愛情？」

「是的。是想念被吞食的母鳥。」

噴火女郎噗哧笑出聲。顯然的，她已聽到全部對話，而且表示對談話的內容感興趣。車子停下又駛走。上車的人沒有下車的多，車廂又恢復寬敞、冷落，乘客已享受到舒適、寧靜的氣氛。但胡德典的臉色，反而變得陰鬱、沉黯，像寫滿了悲哀、痛苦、失望等字樣。

那女乘客也許笑他傻、笑他痴。主人怎會識得文鳥的雌雄？怎會想到公鳥為情而死？但楊宣知道胡德典是從小鳥體會到自己不變的愛情，又憶起出走的太太。他們是同鄉、同學又同事，深深了解胡德典結婚才五天，仍在風景名勝地區度蜜月，新娘便趁他上廁所的空隙，悄然離開旅社。胡德典以為新娘是一時高興，在附近的林中散步，便耐性等待。

等待了半天，新娘才寫來幾句話，答覆他在報上刊登的警告啟事。她說結婚只是為了奉父母之命，彼此之間毫無感情。舉行過婚禮，已交卸了責任，她就要按照自己的意志去生活。

然而，胡德典卻說他們是真正愛的結合，永遠忘不了那短暫的蜜月，更抹不掉腦中新娘的影子，他要為愛犧牲工作、幸福，甚至犧牲了生命，也毫不吝惜。他不願再戀愛、再結婚，更不願再接近女人；便把無限愛意，轉嫁在鳥和兔子身上。誰知小動物也養不活，他仍是孤苦伶丁地獨來獨往。

楊宣深知自己沒力量把逃走的新娘追回，但定要陪他選一對可愛的鳥和兔子，使胡德典精神有所寄託。但仍覺得對鳥知道得太少，必須問個明白。「你懂得鳥語？」

「不懂。」

「你認識鳥的雌雄？」

「不認識。」

楊宣覺得詫異：「你怎麼說是公鳥殉情而死？」

「這又有什麼難懂的。」胡德典的手臂一陣，彷彿怪他不明事理。「雌性動物都沒有感情，包括人在內，唯有雄性動物，才會為愛犧牲生命——」

紅衣女郎又噗哧笑，接著從皮包裡，抽出一條水紅的手絹，摀住鼻和嘴。胡德典已停住話頭，俯身注視眼前的女神，似要從她的表情，看出為什麼會笑。瞧了好大一會兒，突地掉轉頭輕聲對楊宣說：「我們可以和她談話？」

「當然可以。」

「她願意和我們交談？」

「也許。」楊宣察看女郎的臉色，見微微仰起的面龐上，像飄浮一種得意和自信式的神情；密而長的睫毛中，有一股亮藍的火燄或隱或現。「你談話很幽默，很風趣，她一定很樂意——」

女郎把手絹放回皮包，身體抖動了一下，接著便貌端容淑，顯出凜然不可侵犯的態度；看起來更高貴，更典雅，有如一朵鮮麗的牡丹花。

「你和她談話吧！」胡德典慫恿地說：「你很會說話，又有交際天才；任何人都願意聽你……」

他不願和陌生人囉嗦；而且這是胡德典感興趣的女孩，他只願在旁欣賞。再說，一會兒下車了，人們便各奔東西，又有什麼可談的。

「不，這不是談話的地方。」

「你一定要開個頭，」胡德典用央求的語調說。「我想認識她；她很像我逃走的太太。」

楊宣急忙看女郎的表情，以為她一定會把惱怒顯示在臉上；但沒有。女郎嫣然微哂，似乎在嘲笑胡德典的無禮，也像是被人賞識而引以為榮。但他深知老朋友思念太太的心情，喜歡把眼見的所有漂亮女人，和逃妻相比；現在怎能把身旁的女郎，當作失蹤的太太。

還沒來得及駁斥，公共汽車已猛地煞住，全車乘客參差起立，他領會到客車抵達終點。

紅衣女神站直身軀，笑意在漾起的兩個酒窩中飄浮。接著便側著肢體，在他們二人中間插過，昂首擺臀地衝下車。

胡德典拉著楊宣的胳膊，緊隨身後，焦灼地嘮叨著：「老楊，快點吧，機會不能失去。你知道，我多難過，她是那麼可愛……」

楊宣猶豫再猶豫；為了疏通老朋友的積悶，使他情感生活能正常發展，該挺身出來幫忙。

他拉一拉衣襟，向前跨大幾步，便和女神並排走著。女神用眼角斜睨著他，他忙從上衣口袋掏出名片，遞伸在她面前。

噴火女郎腳步慢些，似在轉臉看清他是讓座的人後才挺直地站住，伸出纖手接住名片；轉身就著霧濛濛的路燈光，看了半晌，露出細而白的牙齒。「楊先生是『愛神牌』面霜、口紅的推銷員，失敬，失敬，我每天用的，就是這牌子，很好，很好。」

胡德典已挨近他們。他右手向前一伸介紹說：「這是胡先生，請問小姐貴姓？」

她低首打開皮包，迅速地抽出兩張名片，每人手中遞了一張，還面露笑容地說：「歡迎，歡迎惠顧。」

楊宣驚愕得糊塗起來，高跟鞋聲已「得得」地遠颺，還摸不清她這突然的舉動，到底代表什麼。但胡德典卻用名片敲響手掌，大聲喊嚷：「老楊，你看：這是什麼？」

他急忙低頭檢視手中名片。看清了，第一行是「美雪咖啡廳名媛」，中間赫然印有「紅玫瑰」三個大字。左上角還印有「敬請光臨指教」幾個紅色字跡。

楊宣耳中有巨大的嗡嗡聲，乍然懷疑自己的視覺。再上前兩步，靠近燈光仔細審察，一點兒沒錯。左下角還印有地址和電話號碼。他突地覺得受了很大侮辱；想到自己把名片隨手遞給他人，羞愧之感，旋即纏繞在自己心尖。信手一揮，名片已飄流在柏油路中央。

一輛流線型轎車急速駛過，名片被車輪捲起，連連扭轉迴旋，終於僵直地躺入路面破損的窪坑中。

楊宣突然憶起身畔的朋友；扭轉頸子見胡德典正失望地搖頭，也學他的動作，把名片往路面一拋，大聲說：「我們還是去買八哥和兔子吧！」

——一九六八年二月《亞洲文學》

揉皺的紙團

扁扁的月亮，從薄雲片中露出臉來，灑滿地以銀光；再悄悄叩擊窗櫺，爬上桌面的綠色玻璃。

吳世輝合雙手，頭垂胸前，膝蓋撐桌沿，面對玻璃板上的一張白紙出神。

沒有打開檯燈和吊燈，只有灰濛濛的光霧在四周漂浮、旋繞。他沉思，意念像泉水噴湧，有無數畫面躍動；但抓不住完整的、連貫的形象。白紙，白牆，腦海中朦朦朧朧，也形成一片空白，像打翻了牛奶，黏遢遢，濕糊糊，一時抹不淨，突地增加若干攪亂的軌跡。

劉媽從房門探進半個腦袋，驚訝地說：「少爺，為什麼不開燈？」

他猛吃一驚，側轉臉問：「誰？少爺？」

「是的，世輝。我幫你開燈，好不好？」

沒有等他回答，劉媽已把門旁的開關打開。霎時白花花的光輝，擠滿房間，刺射雙目。

劉媽踏進門，在屋裡梭視，踽踽而行。「少爺，對了，世輝。你是不是要出去？」

他有點氣惱；劉媽老糊塗了，沒有事，盡在這兒囉嗦。「妳去吧，不要管我，有事我會找妳。」

世輝對他眨眼睛，像是不服氣。「太太要我告訴你，她有話要和你談。你等一會兒再走。」

微微顫慄流遍全身。媽媽會在這時候找他談話？晚飯後，見媽媽在客廳、廚房走動時，不斷用目光瞟住他。他有幾次要大聲喊嚷了：「妳走吧！不要看著我。我不會干涉妳的自由，我也用不著妳照顧。妳高興去哪兒就去哪兒吧！」

當然沒有喊出聲，那樣媽會太傷心，一把眼淚，一把鼻涕地大哭大叫，從早到晚不停息。他也跟著難過，想捶擊自己的額角、胸頭，換回平素的安謐和寧靜。

現在明白了，媽盯住他，不是為了出去，而是想和他談談。還有什麼可談的呢？「今晚沒有時間了，明天吧。」

劉媽一隻腳已跨出門外，仍遲疑地轉回頭：「我看不對勁。你還是等一等吧！」

她又能看出什麼不對勁。「說明天就是明天，妳去吧。」吳世輝右臂揮動一下，隨即縮回。「回來，我告訴妳：這包東西送給妳的兒子少明，妳明天拿去。」

劉媽停留在門旁，惶惑地看著他所指的包裹。「那是……那是什麼？我怎好收那——？」

他堅決而憤怒的臉色，把劉媽推辭的話逼回、踉蹌的腳步趕走。現在只剩他一個人了，他應趕快採取行動。抓起桌上的筆，歪歪斜斜寫著：

「媽媽：我要走了，如果我不回來——」

筆停住，無法寫下去。如果我不回來，媽媽怎麼樣？高興？悲哀？如果我不回來，將要去哪兒？媽媽怎樣想，劉媽怎樣想，還有別人怎樣想？

壁上像有濃郁的暖氣向外蒸發，燠悶得無法呼吸。他咬住筆桿，額角的汗珠浸霪游移。耳中聽到輕微的腳步彳亍聲，眼珠轉動，見媽媽矗立門口。他慌急地抓起桌上的紙條，揉成一團，捏在掌心。

他站起結巴地說：「我馬上出去。」

慘白的燈光，塗在媽媽灰撲撲的髮絲和皺縮的面紋上，顯得比白天更蒼老、更憔悴。為什麼媽不多多休息，保養身體，要成日成夜地跳舞、打牌？他和媽媽沒有明言，但事實上他們有如一輛車上的前後輪，按照同一速度前進，卻永遠碰不在一起。他們早已誰也不關心誰了，能談出什麼道理來？

為了加強語句的力量，他又補充說：「我今兒有約會。」說完便感到後悔。這是他最大的祕密，怎能公開宣布？媽若是追問，將如何回答。

媽只愣了一下，筆直地走向他，用平板的聲調說：「我知道，你先坐下。」

他又乖乖地坐在桌旁，面對綠色玻璃板。真想打開掌心的紙團，接著寫：「如果我不回來，媽可以放心跳舞打牌，不必找我，也不要掛念我。我會安安靜靜地死去，像我平平淡淡地活著一樣。」沒有動作，只能馴服地坐著。母親坐在門旁的一張高背木椅上，用審察的目光逼視他。

兒子改換一個輕鬆的姿勢。「有話請快點說嘛！」距離約會的時間近了，還有些準備工作要做；如再延誤，就要失約。他怎能丟那個臉？受那樣侮辱？

「你今晚不要出去，在家裡陪媽。媽也不出去。」

媽說這話是什麼意思？現在他是十九歲的大人，而不是十三歲的孩子。那時，爸爸去世，他剛進中學。劉媽還沒來他家，家中的下女常常請假。放學了，要從牆洞裡摸出鑰匙。打開門，屋裡黑沉沉的，彷彿有幢幢鬼影搖晃。他怕鬼，又怕從壁櫥裡鑽出高大的陌生人，多渴望媽媽能夠陪他。可是媽媽只留一張紙條：「輝兒：飯菜在碗櫥裡，熱熱再吃。怕麻煩到外面吃碗麵，媽一會兒回來。」

永遠是這張紙條，永遠是這麼幾個字，他都背熟了。有好幾次，他想背起書包，遠遠離開家，永遠不再回家，但沒有地方好去，因為外面的世界更可怕。他只能把家中所有的燈打開，讓自己的影子在屋中衝撞。行走和動作激起的聲浪，塞滿自己的耳鼓，強迫自己不再有孤寂和恐懼的感覺。

深夜，從惡夢中驚醒，仍見不到媽媽。便在媽媽留的紙條後面，加了一句：「如果媽再把我單獨留在家裡，我就不上學、不回來了！」

媽媽第二天早上，哭著訴說著。爸爸去世，媽媽難過得要死，出去應酬散散心，打打衛生麻將還不應該？媽媽是人，不是金絲雀。要生活，要自由。爸爸病了五年，媽媽已盡心竭力服侍過、醫療過。你死去的爸爸，都沒有管過我；你這孝順兒子，又要媽媽怎麼辦？

他要媽媽像所有的母親一樣，關心他的成績，關心他的朋友和同學。陪他去遊玩，看電影，伴他做功課。他也要做個好兒子、好學生。可是母親所表現的，只安靜地待在家裡一個禮拜，接著又恢復她原來的生活方式。

「媽！妳還是出去吧！」吳世輝晃著腦袋。「我現在什麼都不怕了。不需要妳陪我，我也不會陪妳。」

「可是，孩子，我怕，我怕得發抖。」媽媽眼角的魚尾紋連連剪動。「馬上鄭伯伯要來——」

世輝虎地躍起搶著問：「妳是說鄭鼎成的爸爸，要來我們家？」

母親頻頻點頭，用銳利的目光刺向他。「鄭伯伯要和你談話，你怎能離開。」

「我不要見他，我沒有時間。」他腳步堅定地跨向門口。

媽媽雙手攔住他。「你和鼎成怎麼樣了？」

他馬上要和鄭鼎成決鬥，怎能告訴媽媽。這是他們兩個人的事，雙方家長出面干涉，豈不是失去原有的意義和價值。鄭鼎成還以為他是膽怯請人出來講話。

他說：「沒有什麼。」

「你們不是好同學嗎？」

「是的，過去是的。」

「現在呢？」媽媽示意他退回去，並用手勢要他坐下，但他仍固執地僵立在母親面前，想趁機衝出去。

他是不想說的，既然母親逼緊他，也就用不著隱瞞了。「現在是仇敵！」

「為什麼？」

他踉蹌地退回桌旁，頹然坐下。不想說理由，理由也說不出。能告訴媽媽，是為了想改造鄭鼎成，而鄭鼎成不能如他所預期的一樣有好品德、好成績，才使他非常地氣惱、憎恨；而想殺死鄭鼎成，或是讓鄭鼎成殺死他。這是多麼矛盾的事實。

這樣說，媽媽不相信，鄭伯伯更不相信。鄭伯伯常帶鼎成來他們家，他也常隨媽媽去鄭家玩。沒有上學，他們的感情已很好。進了中學，同車往返，同教室上課。交換心得，討論問題，是他們之間最大的樂事。他有如負責的駱駝，背起大書包來來去去，從不停息；而鄭鼎成突地變了，結交了一批新朋友。成日打打鬧鬧，滿嘴談的是電影、女生、逃學、彈子房……他聽不進。鄭鼎成怪他為什麼不和他們玩在一起，使生活更有意義。

他很懷疑什麼樣的生活有意義；媽媽等待生命耗盡的消遣方式，和鄭鼎成的浪費青春，是同一類型？

考慮後，決定疏遠了；但鄭鼎成仍要抓住他，報告得意事的經過；說完繪聲繪影的描寫，還要借點錢零花。朋友多，開支大，沒有辦法向父親開口，只得向老朋友伸手。吳世輝耐心聽他的敘述，如數地借錢給他。但每次總加些勸告的話在後面，希望鄭鼎成能再回到自己身邊。

鄭鼎成把借得他的錢放進口袋，嬉笑地說：「你希望我和你一樣作呆頭鵝？」

他忽然憐憫鄭鼎成起來。鄭鼎成和不三不四的人來往，還以金錢供人揮霍，怎不是道地的呆頭鵝？為什麼反而對循規蹈矩的他加上這諢號。

「不管人家怎麼說，」吳世輝仍扔抱著傳教士的精神，繼續勸導。「我們只應該做本分的事。」

鄭鼎成豎起眉毛說：「你怎麼曉得我不守本分？」

他閉起眼睛，腦中就映出鄭鼎成的種種面貌和行為：考試時挾帶、抄書，看霸王戲，賴賭帳，坐車時搶座位、故意撞人。火車駛進山洞，把行李架上的旅客皮包，互相傳遞，下車後躲在牆角分贓……這些都是本分的行為？

用不著他辯白，事實已說明鄭鼎成不守本分。一個學校接著一個學校，勒令退學。最後無學校好進，成天和那些不務正業的傢伙混在一起，這樣該稱心如意了吧，有那麼多朋友，增加一個仇敵又算得什麼。

母親仍瞪大眼睛看著他，彷彿等他回答；但對母親能說得了許多？

「我不能告訴妳理由，」手中捏緊的紙團，猛拋向牆角，接著又撞回桌腿旁。「現在我要趕快赴約，不能再耽擱了。」

「你現在就要去打架、動刀子？」

看樣子，母親了解全部事實，他不得不點頭。

「你知道後果怎麼樣？」

兒子賭氣大嚷。「不是他死，就是我亡！」

母親搖頭，輕聲噓氣。再連連眨動眼皮，似乎在思索一個難題。「你說得倒輕飄飄的，就從來不替別人想想。你死了，我怎麼辦？他死了，鄭伯伯怎麼辦？」

他死了，媽媽可以隨意盡興地玩，三天三夜不回家，也不必顧忌他的想法和觀感。鄭鼎成死了，有弟弟妹妹安慰鄭伯伯，又有什麼難辦的。

「為什麼我要替別人想？」世輝舞動雙臂站了起來，隨手把掌心的紙團拋向牆角。「這是誰也不關心誰的世界，妳要我關心誰！」

媽媽的眼淚滾落，雙手摀住面孔。「你這孩子，現在還說這樣不講理的話。你到底是為了什麼，要和別人拚死拚活？」

事實如此，為什麼說他是不講理？心中怒火熊熊，無法控制。他說：「妳一定要知道嗎？那是為了妳！」

「為了我？」媽媽右手指著自己的鼻尖。

是的，為了她。鄭鼎成一向不尊重他媽媽，說媽媽是老妖精。那麼大年紀了，也不照照鏡子，還在舞廳裡扭扭捏捏，擠在年輕小夥子當中出洋相。

不能忍受這樣侮辱，和鄭鼎成打了一架。他的鼻子出血，鄭鼎成的脖頸和額角也被他抓傷。算是沒有勝負；但鄭鼎成像捏住了他的弱點，有機會就嘲諷他。「昨兒晚上，你媽媽和一個年輕人跳舞，和我一樣的年輕。……我告訴你，你媽媽在我家打牌，我家都是男客，只有妳媽媽是女人。她那麼喜歡和異性玩在一道。你長得又高又大，為什麼不喜歡女孩子？……喂！我又看到你媽媽在電影院裡……」

聽得夠煩、夠厭了。裝聾作啞，不理睬。兒女能過問或是干涉父母的行為？除非母親願意顧全他的臉面，檢點自己的生活方式，收斂行為——他已完全絕望，母親不會為他而使自己損失一些有形或無形的什麼。他勢將忍辱默默生活下去。虧得他和鄭鼎成疏遠得棒都撩不到一起。別人在背後高興怎麼說就怎麼說吧。

然而，他無處逃避，昨兒在火車站上又碰見了。他遠遠見鄭鼎成穿花襯衫，緊身喇叭褲，亮油油的頭髮梳得根根豎起，晃著腦袋走來，便急速轉身離去。但鄭鼎成喊住他，要介紹兩個朋友給他。

這時才發現鄭鼎成身旁，還有兩個打扮怪誕的女孩。心慌得緊，看不清她們的樣子；但總覺得她們比一般的女孩多些什麼或是少些什麼，看來彆扭。

鄭鼎成說：「你今兒晚上，陪我們玩吧！我們差一個男伴。」

「謝謝！我沒有時間，我要回家。」

「你急著回去幹麼？還要作書蟲？現在你還不是和我一樣，沒書好啃了呢！」血液倒流在面龐。他辛辛苦苦讀書、研究，仍沒有考取大學；難怪鄭鼎成嘲諷他。

一個穿蘋果綠衣服的女孩說：「跟我們走吧！我們去跳舞，滿好玩的。」

「我不會。」

另一個穿粉紅洋裝的女孩接著說：「會走路就會跳舞，你會走路吧？」

鄭鼎成失聲笑。「他不會走路，只會吃奶——吃媽媽的奶。」

「那好辦。跟我們去吧！」綠衣服怪聲怪調。「我們有奶給你吃。」

他臉臊得更燙，忍不住看她一眼。天哪！穿綠衣服的只是個小孩，大概是十五歲，頂多十六歲，怎會說出這樣的話？再看看穿紅衣服的，年齡也差不多相仿，他的膽子也壯得多，她們都是娃娃嘛。

「妳們都還沒有離開過搖籃，」他板起面孔大聲教訓。「不應該胡說八道。」

綠衣服叉手挺胸在他面前晃蕩。「你在搖籃裡，看到過有像我這樣成熟的女人？」

紅衣服又擠近他。「你不認為我和你媽媽一樣老練？」

「不要推三阻四了。」鄭鼎成輕蔑地拉拉他的膀臂。「這是最好的機會，天大的面子，有小姐請你。跟我們去玩，順便看看你媽媽表演——」

累次受到的嘲弄和侮辱，剎那間全部爆發，他絲毫沒有考慮，便猛地一拳向鄭鼎成腦門揮去。

但鄭鼎成眼滑手快，伸出的拳頭被接住：「小子，好。你拒絕小姐的邀請，侮辱女性；又挑釁打人。這兒人多，不是打架的地方。明兒晚上在河邊長堤旁見面，你知道那地方吧？你不會作懦夫，不後悔吧！」

「不後悔！」

綠衣服說：「我們兩個老娘作證人，誰打死誰，不償命。」

紅衣服說：「膽小就不要來；明兒晚上，我們會在你家門上貼張紙條，告訴大家，你是『臨陣脫逃』！」

可是，母親卻在這時候堵住他談這沒意思的事，他今後將怎樣做人。

他說：「我能躲在家裡，讓別人嘲笑妳、侮辱妳？」

「他說我些什麼？」

這該是個好機會，他應把心中隱藏的話全部告訴她，使她能夠反省、檢討。但現在沒有時間，也沒有必要了。母親歷來加在他身體上和心靈上點點滴滴的傷害和煎熬，使他輾轉反側不能成眠的那些憎恨，通通要隨決鬥之後，交還給母親，讓她嘗受那無數的痛苦和折磨吧！

「他說妳不像個母親！」世輝已不顧一切地衝向門口，但劉媽在門外蹣跚走近，緊張地道：「太太，鄭先生有電話，他不來了。」

「為什麼？」

「鄭少爺被警察抓走，是為了偷人家槍要去打架。他要我告訴妳……」

媽媽沒有看他一眼，匆遽地向客廳跑去。忽然之間，他覺得整個地球停止運行，而他自己卻渺小得不如一粟。為了改變鄭鼎成，不惜用自己的生命去作賭注。殺死別人和被殺，對鄭鼎成和母親來說，是同樣的報復行為。他的動機真是如此的卑汙和殘酷？

吳世輝霍地趲轉身，又摜倒在桌旁的圓背椅上，兩手緊托下顎，愣愣地望著月光輕舔的窗櫺，再低頭看那揉皺的紙團。

——一九六八年二月《自由青年》

彩色的釉

安靜吧，不能再動盪了。眼前是墨黑一團，光明隨著劇烈的震顫消失；星群冷漠地凝立高空，離開這世界太遠，熱與光不能遍布人間——劉書元胡亂思索著，兩肘撐著地面顫巍巍站起，雙腿仍不斷觳觫。從熱被窩中竄出，只穿一套單面絨的藍條睡衣，有點冷，冷得發抖。不，是有點怕，十二萬分的怕，怕得發抖。他怕地殼陷落，親眼看到世紀末的人類毀滅，他自己也跟著滑向死亡。

他終於挺直了脊梁面對黑暗。曾有無數隻巨輪撞擊著鋼軌、車廂、坐墊、木板床……整個宇宙在喘息、抖顫。桌椅、牆壁、天花板連連扭捏，朝不同的方向擺舞。在他確定那是強烈的地震，便赤著雙腳連跑帶爬地搶開房門，逃向屋前曠地。

那僅是一瞬間的事。地面寧靜片刻後，復開始抖動。他無法站立，匍匐在粗糙的水泥地面，有如被巨浪衝擊、搓揉。想抓住什麼穩定自己，沒有。只能讓軀體隨劇烈的搖晃而翻滾。

暈眩，胃嗝逆要嘔吐，全部電燈熄滅，黑紗纏繞全球。擺幅增大，四處發出嘩啦啦的巨響，房屋咯吱咯吱叫，牆壁任意地斜伸，屋頂挺在半空顫了顫。嘩……啦……嘩啦……磚塊和瓦片紛飛，只剩一堵堵斷壁轟立半空。

人聲、啼哭聲、呼號聲傳遍整個世界。劉書元隨著嘈雜聲清醒過來。他住的公家宿舍倒塌了，大地雖停止顫抖，但他的一切，包括書籍、西裝、電唱機、漱洗用具……全部被壓垮、填沒。除了身上這套睡衣外，什麼都沒有，明天還無法上班，無臉見人。

他站起身，眼前的世界已支離破碎。隔兩條或是三條街，有濃豔的火光升起，把雲片燒得焦紅。哭聲、喊叫聲、救火車的呼嘯聲和聽了喘不過氣來的鈴聲，交織在四周，使他感到心弦繃緊，呼吸迫急。

「救──命──救──命──哪──」

劉書元突地一愣。喊救聲嘶啞低沉，宛如從遙遠的山谷中傳出，他惶然四顧，竭力搜索，那聲音從他們宿舍鑽來，是誰被壓在瓦礫中？

他赤著雙腳彳亍前行，地面突然躍起一個男人，猛拍他的肩頭。所受的驚嚇，恰和大地顛簸時相仿。地震已停止多時，還有人賴在地面，等待或是擔心宇宙翻覆。

「老劉，」黑影子低聲對著他面孔說。「你知道是誰喊救命？」

那是住在同一棟宿舍的大胖子李先哲，大概懶得爬動，乾脆躺著等地動天搖。

「你活著我活著就夠了，管他是誰。」

「我告訴你，那是『討人嫌』。」

冷顫起自心底，忽然想大聲狂笑，但劉書元終於忍住。「討人嫌」是陶賢的諢號，人前人後大家都是這樣叫他，嫌他。當然，他也不喜歡陶賢。

陶賢住在他隔壁。他有輕度的神經衰弱症，晚上無法入睡，往往要藉藥片催眠，可是「討人嫌」卻在他的房間拉小提琴，高唱〈教我如何不想她〉。有時把收音機的音量開大，跟著唱〈一個跳舞的小女孩〉。他有時直想大叫，這兒是公家宿舍，不是瘋人院，也不是音樂廳，為什麼你要這樣干擾別人？如果你愛自由，愛吵鬧，該搬出這安靜的地方，住進屠宰場或菜市場！

沒有說出口，他只是躺在床上，眼睛鼓大，腦子裡一遍又一遍地重複這些責問的話。有時，甚至於要詛咒他，希望他的喉嚨失聲，變成啞巴；小提琴的弦拉斷，或是他的手指害一個永不能痊癒的惡瘡，無法撥出半個音符。在床上輾轉反側，聽到收音機喇叭中的鼓聲，一記記敲擊在自己心田，他就想爬起身，衝進陶賢的房間，砸毀那文明世界的產物。

現在好了，他希望那被竊或是故障的收音機被房子毀壞，在深夜能製造噪音的「討人嫌」，正在磚瓦堆中、鋼筋水泥的間隙中呼救，以後他該有安眠的日子了。

「壓死人了，救——命哪——」

「好吧！我們去看看。」劉書元輕鬆地說。「能救便救一救，盡我們的力量。」

「那樣討人嫌的傢伙，還去救他？」

李先哲的話頗有道理，如果是好人，他們該搶先去想辦法，像陶賢這樣的人，死得愈快愈好。如果去殺死他，陷害他，要受法律制裁；此刻卻是天災、地震幫他們的忙，懸陶賢生命於半空。再去救他，不是逆天而行？

但心中的話說不出口，劉書元故作驚訝地問：「你也討厭他？希望他死？」

「當然。我雖不想他死，但也不希望他活。」

「為什麼？」

「一言難盡。」

「不管怎樣，他是我們的同事。」劉書元回拍李先哲的肩頭。「我們先去看看他在什麼地方喊叫。」

啼叫聲，吱吱喳喳的吵嚷聲仍喧囂在四周，全球像都被火光籠罩。不知是火山噴發，還是工廠或是家庭的鍋爐被顛覆，釀成千百戶大火災。消防車的鈴聲和叫嘯聲，顯得軟弱無力。人們唉聲嘆氣，呼天搶地地哭號，似乎對空前的浩劫感到失望和無助。

李先哲隨在劉書元身後摸索前進，他熟悉這兒的寸土尺地。這棟房子建築完工，他們就先搬進來。住了三年，風平浪靜，「討人嫌」插進這團體，才無法太平。現在磚石瓦片，斷梁殘柱遍布每個角落，不小心準會跌破腦殼。全城火光照耀，唯有這角落是黑暗世界。

他看到劉書元動作迅速，跳躍前進，他們之間已拉長了一段距離，便警告似地說：「當心腦袋，當心跌跤！」

「我知道，跌倒了我會爬起來，你該當心自己。」

身體胖，跌倒就撐不起來？哪有這樣諷刺人的道理。李先哲好大不高興，在心底咕嚕著。但此刻不是抬槓和自相殘殺的時刻，該竭力容忍，顧全大局。

他見劉書元越過陶賢的房間，仍向前衝撞，便大聲喊：「老劉你還要跑到哪兒去？」

老劉腳步頓了一下，側轉臉問他。「『討人嫌』並不是壓在他自己房間，你不知道？」

不知道，躺於地面，辨清陶賢的聲音，就認為他是懶惰，不肯跑出房間，才被震垮的屋頂壓倒，從沒想到他壓在別人的屋簷下。

呻吟聲夾雜著呼救聲，斷續地傳出。聲音很低，和陶賢平時嘹亮的嗓門相較，有天壤之別。平時細心研究過他的腔調，所以能憑片段的音符，確定是「討人嫌」的喊聲。現在向何處搜索他的屍體？

「他在哪兒？」李先哲問。

「在彭小姐的屋基下。」

他的喉管突然收縮，氣息急促。「討人嫌」在地震時，跑進彭雲芬屋子，是獻慇懃，還是趁火打劫，混水摸魚？

彭雲芬真怪，怎麼會喜歡陶賢。陶賢擅長吹牛，能哼幾首流行歌曲，講幾句洋涇浜英語，女人就不知道他有多高道行。左一句英國，右一句美國，再說加拿大、紐西蘭什麼的，彭雲芬就要嫁給「討人嫌」。

實在說起來，彭雲芬不是結婚的好對象。孀居了三年，還帶了個八歲的孩子。人雖長得漂亮，但多了一個包袱，將會減少家庭幸福及樂趣，更可能是夫妻間爭吵的導火線。為了追她，曾經下了很大決心。成績頗使自己滿意，他們曾在一起郊遊，划船，逛馬路、公園，快到談嫁娶的階段了，「討人嫌」插進來，局面立刻改觀。

先是謠言，再就看到陶賢和彭雲芬同進同出。而最顯明的就是她拒絕他的邀請。

他氣憤地問：「妳要和『討人嫌』結婚了，是不是？」

「誰說的？」

「大家都這樣說，已經不是『新聞』了。」

彭雲芬笑了起來，露出脣角的一隻金牙。這隻金牙該是她最大的缺點，如果他和她結婚，一定要想辦法勸她換掉。「你認為他會娶我？」

「問題是：妳願不願意嫁給他？」

他沒有獲得答覆。彭雲芬和他之間的距離，卻逐漸加遠加深；剎那間，便聽到「討人嫌」出國的消息，彭雲芬無法出去，那又是他的機會來了。情敵離開，沒有人競爭，獲勝的希望一定很大。怎麼在這驚險時刻，他會跑到彭雲芬住的地方？在大地顫抖的緊要關頭，他該去她的房間，把她的兒子搶救出來。可是，現在才想到照顧別人，已經太遲，陶賢卻步步走在他的前面，不壓斃他，又要壓斃誰？

「你去看看吧！」李先哲站住，又後退了一步。「我不想去了。」

「為什麼？」

一個人去，救不活陶賢。他和劉書元同往，幫著搬磚瓦，抬鋼梁，救起他的希望要大得多。再說，彭雲芬見到他，便會和「討人嫌」比較。他身材臃腫；在危難的時候，他僅想到自己；而陶賢還顧及他們母子。

李先哲回答：「我要避嫌疑。」

「有什麼嫌疑好避的，」劉書元上前拉了他一把，「在這時候，在這地方，還有我在一起。」

不得不陪著劉書元向前走。躑躅了幾步，呻吟聲加大，四處有鬧嚷聲和啼哭聲，李先哲感到心煩，渾身不自在，如被別人綁赴刑場。

彭雲芬牽著國華迎向他們：「不得了，請你們快一點，陶先生壓傷了。」

劉書元問：「在哪裡？看到沒有？」

「看不到，我不敢去；我又牽著孩子。」

李先哲問：「『討人嫌』壓到妳的屋子下面，我想不通。他不是要出國了麼？」

小寡婦把兒子往身旁拉緊些，她意識到深夜裡的寒意，同時也體認出李先哲話中尖銳的醋意。她現在是身無寸鐵的弱者，而且還有一個活生生的人，壓在瓦礫堆中呼號，不是鬥嘴、賭氣的時機；但也不能忍無辜的冤氣，接是李先哲的嘲諷。

她說：「陶先生真是個好人，屋子搖得那麼厲害，他還來搶救國華——」

劉書元問：「妳家國華留在屋裡沒有出來？」

「我們都沒有出來。我看牆壁晃得那樣凶，地跳得那樣厲害，腿嚇軟了，癱在地上不能動，幸虧陶先生幫助我們。」

「可是，婦女小孩倒出來了，強壯的男人反落在後面。」李先哲帶著懷疑的不服氣的腔調反駁。

「我們都逃到外面了。」彭雲芬急忙解釋。「我們國華怕冷，陶先生又回去替他找衣服。黑洞洞的真可怕，誰知屋子一抖，嘩啦啦地響，真怕死人，陶先生就出不來了。」

劉書元責問：「妳為什麼不大聲喊叫？為什麼不找人來救他？」

「我叫過。」

李先哲說：「我沒有聽到。」

劉書元說：「我也沒有聽到。」

管你們有沒有聽見。大家心驚膽戰，魂飛魄散；再加喧闐鬧嚷的人聲，誰會關心別人的喊叫，彭雲芬在心中安慰自己。實際上她只是愣在一旁，呆呆地看那堆凌亂的木架，和碎磚破瓦。許是自己嚇呆了，容或是她心中別有隱情，她一時也分不清，想不透徹，心底是一片朦朧。

「我請過人幫忙救他的。」彭雲芬撫摸著國華的頭頂，「大家都在痛苦自己的財產、衣服、家具，誰都沒有理我，我只好乾瞪眼，瞧他慢慢死亡——」

「妳說謊！」李先哲搶著大叫。「妳誰也沒找過。不是我們來，『討人嫌』就在等死。我知道，妳完全是說謊！」

劉書元阻止他：「謊話也罷，真話也罷。我們的廢話說得太多了，該先去救人才對。」

兩個男人走向荒亂的瓦石堆，她也牽著國華跟在後面，從心底升起的微微顫慄，流遍全身，停留在雙腿上。她是說了不少謊話，「討人嫌」不是在地震時，去她的寢室；從晚上十一時起，就在她房間內，賴著不走。

陶賢實在是個大騙子，會唱幾句歪歌，便說懂得音樂，要幫她開音樂會，還教她英語，將來好一道出國，學聲樂，到各國的大城市獻唱。明知他說的是謊話，但謊話說得很好聽。當然他的人聰明伶俐，外表也不錯，要比李先哲「帥」得多。向她提出結婚要求。好，結婚吧。像她這樣，還能找到什麼再好的對象。

他說：「我們結婚的時候，只能讓少數人知道。」

「你是說祕密結婚？」

「妳要這麼說也可以。」陶賢又開始講騙人的話了。「我只是說暫時不公開。等到時機成熟，再告訴大家也不遲。」

「理由呢？」她惶惑地問。

「我一定比妳先出去。如果妳出不了國，我也不想回來。那時，妳的一切還是自由的；不是曉得的人愈少愈好？」

這不是一個好辦法，對愛情和婚姻來說，都是極大的侮辱。但她的自私和膽怯——萬一她真的走不了，而陶賢又不回來怎麼辦？——竟接受了他的條件。婚禮確是簡單，只有陶賢的三四個朋友參加。完成了法律上的手續，然後再慢慢地成為形式上的夫妻。

有什麼好說的，她自己答應的條件：是人知道的愈少愈好。等待，用最大的忍耐等待。但卻聽到別人說，陶賢有親密的女友，快要訂婚了。她私下以為一般人不知道她和陶賢的關係，把她當作他快要訂婚的女友，人們願意講就讓他們講吧。

陶賢今兒晚上告訴她，出國的手續辦好了，向她辭行。這消息太突然了，突然得像用一根木棒擊在她腦門上，不能辨別那疼痛的滋味。

「妳應為我高興是不是？」陶賢反問她。

她當然應該為他高興。每個女人都希望丈夫有事業有前途。出國深造，賺更多的錢，維持家庭生活；再進一步還可以帶她出去。可是，她現在需要的不是這些，而是他的人，他的心，他的愛意……這些她都沒有得到，他居然拋下她走掉。

彭雲芬忍住心痛問。「我呢？我怎麼辦？」

「太好辦了，我到達目的地，把結婚證書寄給妳。妳始終是自由的。」

房屋在旋轉，一切都在震盪傾斜。她馬上要暈倒了。扶緊椅背，捏著手絹擦淚水。

「你為什麼要這樣對待我？」

「不然，我怎能辦出國手續——」

原來陶賢是欺騙她，利用她。為了符合現行法令上的規定，才和她結成法律上的夫妻；出了國，就要踢得她遠遠的。他是一個沒良心的大騙子，為什麼以前沒有發現，上他的大當。他過去說的那些甜言蜜語，想不到都是些廢話、假話。她的夢算是全醒了。

還有什麼顧忌和隱蔽的，該說的就全部說出吧。她問：「你和別人要訂婚，那也是真的？」

陶賢愣了一下，接著大笑，連連打哈哈，大概是故作輕鬆。「妳既然知道，我就告訴妳吧，在國內一切都是假的。出了國以後，就變成真的了。不過，那個女孩，出國的希望是很大的。」

她真想抓起桌上的墨水瓶，砸破他的腦殼。沒有。捺住性子和他談判、辯論。她不要他有前途，只要他作她的丈夫。如果他不答應，她要控訴，要向全世界人說明事實真相。陶賢欺騙她，她就能一手毀壞他的前途、學業、人格、名譽等等。

沒有獲得結論，地球顛頭簸腦，促使他們談判停止；更使她開心的是倒塌的房子，把「討人嫌」壓得氣息幽幽，連喊救聲都斷斷續續。這是天災、人禍，而不是她害他、殺他；她還用得著為陶賢呼救，找人來幫忙？李先哲算是猜透她的心機，她該好好應付他，才不會露出破綻，啟人疑竇。

「李先生，要當心啊！」彭雲芬大聲說。「你已聽到陶先生的聲音了？」她心底說：你耳朵聾了沒有？

「聽到。」

劉書元說：「我們都聽到了，就是看不到。」

看不到，怎麼救人。又是磚頭，又是瓦塊，還有木板、鐵釘。她向後退了兩步：「我們等等吧，等到天亮再說，也許會有救護車來。」

李先哲說：「這是個好主意。他會慢慢凍死、壓死，我們一點責任沒有。」以後，彭雲芬也不會跟在陶賢身後，只要他釘得緊一點，纏得牢一點，小寡婦穩是李大胖子的。他真想大笑三聲，以慶賀自己的勝利。「我們不是救護隊員，也不是警察。」

劉書元說：「我們該到其他地方看看有沒有火，弄個亮來。再看看有沒有婦女小孩受傷的，或是壓在牆根下。這理由很堂皇，也很光明正大。救任何人，比救陶賢要合算。公家宿舍被震垮，再建築新房屋，他們不會被分配在一起。可是，陶賢活著，他就無法升任科長。在這機關裡，算起年資、學歷和經歷，都是他第一，出了主管的缺，該是他升任無疑。但陶賢會巴結、會逢迎，在同事面前討人嫌，卻頂討上司喜歡，內定他升任科長。他日夜盤算，企盼的升遷希望，被陶賢遮擋。此刻還把他救起來，跟自己過不去？

「我們該去打個電話到醫院，或是警察機關，」劉書元又加了一句：「要他們派部救護車來。」

婦女和兒童的啼哭聲，突地響亮起來。又是一輛消防車呼嘯駛過。

李先哲說：「好主意，我們去打電話。」

彭雲芬說：「電線杆被震歪，電話線被震斷，哪裡去打電話？」

三個人連同孩子，在廢墟邊猶豫、迴旋，都沒有走近「討人嫌」被壓的地帶。

瓦礫堆中的呻吟聲加高，並斷續地呼號：「請……你們快救……救我……吧！我快死了。我這裡有……有火。」

李先哲驚訝地問：「他怎會有火？」

彭雲芬說：「他替國華找衣服，手裡拿著火柴、洋燭。」

國華說：「媽媽，我很冷。」

劉書元說：「妳為什麼不早點告訴我？好吧！我們大家去看看。」

瓦片、磚塊、灰土被踩得咯吱吱、呼嚕嚕響，大家已站在「討人嫌」的四周。

求救的人說：「火柴……我右手，洋燭……左手。」

劉書元接過洋燭點燃。見陶賢的下半身直至胸口，被埋在碎石堆裡，而一根橫梁卻緊緊壓住他的兩隻胳膊。他只有頭和手露在外面。額角上有鮮紅的血漿，大概是皮被擦破，仍汩汩地流血。

「我拿著蠟燭，」劉書元說：「你們抬木頭，挖磚瓦吧！」

李先哲說：「我人胖，身體不好，該我來拿燭。」

彭雲芬說：「我是婦女，該我拿火；由你們男士動手做搶救工作。」

國華說：「我是小孩，由我拿火。你們是大人，力氣大。快點把陶伯伯救起來，我已經不怕冷了。」

大家互相瞪視、遲疑，劉書元沒有交出洋燭。國華的手伸在半空。啼哭聲、喧嚷聲、救火車的鈴聲、遠遠彷彿有火車頭的咆哮聲……但這廢墟四周卻很靜，靜得可以互相聽到各人的鼻息。

忽然，燭影搖晃，大地又頻頻顫慄、抖動。震幅加大，頻率加速。陶賢振著喉嚨喊：「你們快跑啊！」

誰都沒有動。燭熄了，黑暗捲過來。斷壁隨時會倒塌，地殼隨時會陷落，逃跑有什麼用？只好面對死亡，等待毀滅。

大地喘了一會兒氣，又慢慢鎮靜下來。劉書元又擦火柴、燃起洋燭。見人們的臉上，都很蒼白、憔悴，是受了極大驚嚇的樣子。

劉書元把洋燭交給國華，心胸驟然開朗，覺得他和陶賢沒有這樣大的仇恨，要看著他在面前死去。如果剛才這陣搖動，自己也像陶賢一樣，被埋在土中，或是更壞，被倒下的牆壁，當場壓斃，還有什麼仇恨好記的？存在和死亡，竟相隔這樣微渺。

「動手吧！」劉書元拍李先哲的肩。「老李，我們不能見死不救。」

李先哲回看他一眼，發現劉書元的態度已大變。是受剛才大地搖動的影響？他們該早把陶賢救起，脫離這斷壁殘垣的危險地帶。為了一個臭女人，拿自己生命作賭注，還要送掉一個人的性命。有敵人，才有競爭。讓陶賢站起來，我們再爭這小寡婦吧。

「好吧！」老李說。「你抬左邊，我抬右邊。」

彭雲芬見他們彎腰捲袖，真去救「討人嫌」，便認為自己也該幫助做點什麼表面工作才好。陶賢騙了她的感情，但她仍站立著看他和生命掙扎。他們的談判還沒有結束，勝利和失敗的機會是均等的，陶賢如果死去，便注定失敗的命運。她不該幸災樂禍，拿別人的生命，作為自己報復的資本。

她說：「我來替他撿磚石、抓瓦片，減輕他下半身的壓力。」

國華說：「我要用手遮住風，不讓蠟燭吹熄，好讓你們工作。」

大家努力地抬啊、拉啊。磚石瓦片呼啦啦響。陶賢已被挖出陷坑，安置在較平坦的瓦礫堆上。各人面孔被熱氣蒸發，映現在燭光裡，呈一片紅霞。陶賢呻吟著說：

「我……我活不下去時，想……想到過去很多。現在我又……又有生命了，又是一個新的開始……」

劉書元說：「你傷勢很重，少說話。我們抬你去醫院，看醫生。」

李先哲說：「看樣子，不能再躭擱了，我們快抬他去吧。」

彭雲芬想說些什麼，但嘴脣動了動便閉緊。她右手捏國華的手掌，左手接過洋燭，默默地擎起，隨在後面，照耀抬傷患的人們，一步步越過崎嶇的瓦礫場，走向坦途。

——一九六八年四月《皇冠》

特載

㈠：

筆入三分，峰迴路轉

——淺析蔡文甫小說〈移愛記〉藝術手法

周浩春

蔡文甫的短篇小說〈移愛記〉收錄於一九八四年（民國七十三年）九歌出版社出版的同名小說集《移愛記》第三十五至五十四頁。小說以男主人公顧惠年與兩位女主人公范明婉、范明芬姐妹之間曲折離奇的愛情故事為主線展開描寫，營造了一系列曲折離奇的故事情節。蔡文甫以獨到的「陷阱」設置技巧，牢牢地把握住讀者，我們在讀到五十頁之前，男主人公顧惠年始終是以一個虛偽的負心漢的形象展現在讀者面前的。一直等到小說要結尾時，蔡文甫先生才對顧惠年的真實形象通過主人公之口進行交代。原來，之前所有的事都是范明芬和黃富敬、顧惠年一起演的一場戲。讀者在閱讀該篇作品時，其思維的主觀能動性往往會削弱，並最終為作者所設置的「柳暗花明又一村」似的結尾所震驚，顯示了作家高超嫻熟的創作技巧。

一、朦朧之美，恰到好處

朦朧，在許多時候總給人一種模糊難辨、捉摸不透的感覺。但是，在這篇作品中，作者卻將「朦朧」昇華為一種美，這樣一種美的展現手法酷似一種天氣的變化過程：由漫天迷霧到晴空萬里，這之間的變化少一步都不行。蔡文甫先生所構造出的朦朧之美酷似一層窗紙，窗外的人們只能依稀地看到窗內的些許事物，這讓他們不斷地想像窗內的一切。只要將窗紙稍稍點破，一切都會明朗。但是，點破窗紙卻往往破壞了這樣的一種美感。只有等到主人打開窗戶的那一刻，才應當是恰到好處的，此時所看到的窗內的一切才應當是最美的。窗外的人也只有在此時才會感到「豁然開朗」。讀這篇作品也是一樣，蔡文甫先生在五十頁之前的描寫就如同是一層窗紙，而在五十頁之後的內容才是窗內的事物。

人們常說題目是文章的眼睛，在〈移愛記〉這篇作品中，蔡文甫先生為我們很好地驗證了這句話。在我看來，「移愛」這個詞既是全文的中心，也是作者將我們引入「陷阱」的一個「武器」，從三十五至四十九頁的閱讀過程中，我一直認為本篇作品中的「移愛」的主體是顧惠年，而這樣的移動是顧惠年將自己的愛從范明芬的身上移動到范明婉的身上。而實際的結果卻是完全地出人意料。等到讀完整篇作品之後，讀者才能發現：原來，「移愛」並不能按照先前的初步印象來理解；而應該這樣來理解：范明芬就如同是厄洛斯（希臘神話中的愛神），是她將愛情之箭射向了姐姐范明婉。使得這個自卑的、不願接受愛情的女主人公最終慢慢地開始接受愛情，作者雖然沒有在結尾處點明，但是我們卻不難從文末的一段描述中發現范明婉已經開始接受顧惠年了。文末在提到范明婉離開舞會的那個場景時有如下的描述：

小顧見她沒有作聲，又搶著上前說：『送妳回去吧！』她本想說：『你還是留在這兒找機會吧！』但到舌尖的話，仍然忍住。衝出園門時，仍聽到小顧的笨重的腳步聲，緊貼在身後響著。不知爲什麼，她心中突然升起了要痛哭的感覺。

通過這樣的一段描寫，作者雖未正面點出范明婉的態度，但從劃線部分這樣一個小小的細節足以看出她的態度已經發生轉變，這樣的一個過程才是作品本身所要表現的「移愛」的內涵。

留白是國畫創作中一個很重要的手法，讀完作品後，我們不難發現，蔡文甫先生已經將留白手法運用到了這篇作品的創作過程之中，使得全文的朦朧之美上升到了極致。全文最突出的關於留白手法的運用在第三十八頁：

明婉不知臉上或是身上出了什麼錯，感到怪不好受。連回看他一眼的勇氣都沒有——突然之間覺得對他完全陌生，一點都不了解，怎會和他產生一種默契，站在妹妹身旁，要共同地欺騙明芬。

哦！原來是心理上的負疚，才使她抬不起頭來。

這樣的一段一問一答似的心理描寫解答了讀者的疑惑，但是這在全文中是很少見的，讀者大多數的疑惑，作者都未及時明確地解答，一般都是留給讀者自己思考或是延後給出答案，這就是作者對於留白手法的運用。

在這裡我們並不能將本文的結尾方式簡單地理解為契訶夫小說似的結尾，因為作者看似沒有給出答案、留給讀者以想像的空間。但作者實際上已經沒有必要再給出明確的答案了，從上面的一個細節中我們已經很明顯地看出作者對於留白手法的巧妙運用。既然已經達到「此時無聲勝有聲」的效果，我們又為何要破壞作者精心營造的這樣的一種美感呢？

二、細節描寫窺斑見豹，人物刻畫「以假亂真」

蔡文甫先生很注重細節描寫手法的運用，且不僅僅是單純的運用。他在運用細節描寫的同時，往往注重聯合其他的表現手法，這也是我們在閱讀蔡文甫先生的作品時並不會感到乏味的一個重要原因。

比如說，在文章的開頭有這樣的一段描寫：「輕輕的，不要弄出任何聲音，你要像平時一樣：安靜、從容、步態自然、動作輕盈……『噹——』面霜的蓋子，倏地從手中跌落，除發出意外的聲響外，還在賽鋼鐵的磨石子地面，畫了個半弧，才乖乖躺下。」這段描寫不僅同時運用細節描寫和側面烘托的手法展現范明婉因對顧惠年的安排感到擔心以至於慌張地摔下手中的面霜的表現，在描寫面霜掉下地時也以擬人化的語言給讀者提供了一個形象生動的畫面。而且借用電影中常用的「蒙太奇手法」，以顧惠年的一段話作為全文的開篇之筆，既引起讀者的閱讀興趣，也為下文做出鋪墊，更重要的是為下文中作者離奇情節的布置安排好引子。

再比如，在文章中有這樣的兩處描寫：「他像隨即發覺言語矛盾」、「彷彿突然想起什麼」。這兩個簡短的神態描寫又將顧惠年當時的內心活動展現得一覽無遺。如此精采的細節描寫也為作品中人物形象的展現做出了有力的奠基。在該篇作品中，作者對於人物的描寫真正做到了以假亂真。尤其是對顧惠年這一人物的刻畫。在作者揭示「移愛」的真正含義之前，一直給讀者這樣的一個假象：我想大多數的讀者在第一次閱讀這篇作品時都有這樣的感受，那就是認為顧惠年是一個負心漢。作者在文中設計了多個假象式的細節，從某種程度上來說，這也許就是蔡文甫先生作品中所特有的「動作雙關美」，在讀者知道真相之前，這樣的動作看似是一種猥瑣的表現，但是當讀者知道真相之後就不難發現，那是一種愛的展現。真正是以假亂真，完全把握住了作者的情感。

我們依舊可以運用上面的這個事例對以上觀點進行論證：

「不知道——」他像隨即發覺言語矛盾。「是黃富敬的一個什麼親戚！」我在第一遍讀這一段的時候就在旁邊做了這樣的一段批注：靈活、善騙、「謹慎」、巧舌如簧的謊言家。從當時對於本篇作品的了解程度來講，這樣的一種認識看似很契合。但是，當我第二遍再讀的時候卻在旁邊做了如下的批注：這完全是因為顧惠年的緊張所造成的。

三、高潮迭起，前呼後應

一般的文學作品只有一個高潮，但是在〈移愛記〉這篇小說裡面我們卻能發現有兩個高潮，這與全文的結構設置有著很重要的關係，全文以范明婉和顧惠年在舞會草坪上的最後一次對話為分水嶺，將全文劃分為前後兩個部分。在前面一個部分，作者設置了一個小小的高潮，在書中的第四十二頁到第四十三頁有如下的一段精采的描寫：

明婉沒有搭腔，她不知道如何去找黃富敬，更不知道小顧要如何改變計畫。現在隱約地猜測到黎立志是他們計畫中的主要配角，是時刻離不了的靈魂人物。

…………

「這兒的主人是誰？」

「不知道——」他像隨即發覺言語矛盾。「是黃富敬的一個什麼親戚！」

「那你怎麼會按時來這兒？」

「是黎立志通知我的。」

「不對！」明婉大聲尖叫，憶起黎立志說很忙，而且不知道往何處去的回答，忽然覺得心中升起了受騙的感覺。「黎立志現在又去哪兒？」

這一段的描寫，尤其是范明婉的一聲尖叫吸引了所有的讀者，這也成為了本篇作品中的第一個高潮。

文章的第二個高潮直接設置在了結尾部分，這也是作者區別於他人的地方，在書中的第五十三頁講到：

對妹妹如此的苦心，想出各種辦法成全她，應該感激才對；可是，她聽不慣小顧的腔調（穩可獲得勝利的那種姿態），心中隨即升起很大的反感。覺得妹妹和外人連成一線做圈套，不透露一點內情，太不把她當姊姊看待了。

…………

「我不見任何人。」

「明芬呢？」

她用不著回答這樣的笨話，只是迅速移動腳步，用事實證明自己急於想離開這兒。

…………

我們不難發現，作者在描寫兩個高潮時，都以生動傳神的語言展現出主人公栩栩如生的形象，並且運用了大量的修辭手法和寫作技巧。但是，技巧雖多，卻都用得恰到好處、「油而不膩」。因此，讀者在閱讀的過程中才會潛心認真地深入到作品的內容之中，要不然，只會感覺這篇作品是花俏的寫作手法的堆砌。對於各種藝術手段的熟練運用，也是蔡文甫先生寫作手法的成功之處。

整個作品的結構顯得非常的完整，並且從前到後都有著千絲萬縷的聯繫，前後鋪墊互相照應。

比如說，在第四十九頁到第五十頁的一段描述中就講到：

因爲他不清楚客人到家中來的目的，一律用拒絕的態度。如果一不小心，客人就是爲「相親」而來，纏著要郊遊、約會，接著就是戀愛啊、結婚啊，煩都煩死了，不如一概不理。

然而造成明婉這樣的一種態度的原因實際上在前面已經提到了。在第四十頁到第四十一頁就已經做出了交代：

不錯，她感到自卑，但那是環境逼迫她如此的：男友一個連著一個來，也一個跟著一個去，怎樣也猜測不出原因，那麼一定是自己長相太差，得不到別人的欣賞；但是，他們最初怎麼會願意和她結識、和她來往呢？……

作者早已經在上文為她的這種態度做了很好的解釋。

〈移愛記〉這篇作品，可以說是想像奇異。如果撇開想像的角度不談，我們可以發現這裡面充滿了各種各樣的情感及倫理問題，引發人們的思考。比如說明芬這樣的一種做法，到底會不會得到其他人的接受，另外，明婉時刻在關心妹妹，這也說明了她對妹妹明芬的親情之深。這些問題是超越文本內容本身、並且很能引發人們深思的問題。

四、結論

如果用一句簡單的話來形容〈移愛記〉這篇作品的話，那麼我認為應當是：「一個假象之外的另一個假象。」兩個假象的結合，到了「負負得正」的效果，共同展現出了這篇作品內部所要展現出的關於「人性」的問題。

總而言之，這是一篇非常成功的、能夠較為全面客觀地展現蔡先生寫作水準、並可以看作是蔡文甫先生的代表作之一的作品。作者以奇異的想像，加之一波三折的情感激盪。使得讀者有了一種「不過癮」的感覺，也正是因為這樣的一種感覺，才使得讀者層層深入、聚精會神地閱讀完這篇作品。一個個鮮活的人物形象作為本篇作品中吸引讀者眼球的第二個砝碼，伴之以對描寫手法和藝術手段爐火純青似地運用，更進一步地增強了這部作品的「獲勝力」。

作者深諳「艾布拉姆斯文學四要素」（註）之間的關係，知道讀者對於作品價值的重要性。整篇作品通過各種各樣的手法始終將讀者緊緊地扣在作品的思想主線上，這也是此篇作品獲得成功的又一個至關重要的因素。

——原載二〇一一年八月《人性的解讀——蔡文甫小說研究》

註：艾布拉姆斯文學四要素：即從作品、宇宙（世界）、作家、讀者的四種視角來看待文學的見解。文學四要素說提出後，在文藝學界被普遍接受。

(二)：

現代女性的困擾與煩惱

——我看〈新裝〉

林學禮

〈新裝〉，這個五千多字的短篇小說，取材於現實生活之中的常見的事。主題具有濃厚的時代意識。作者運用心理透視的技巧，把現代女性的婚姻煩惱，很鮮活地呈現在讀者面前。

這個問題，可能發生在你我身邊：你我的家庭，你我的工作環境。只因為現代人的生活太緊張太忙迫，很少人去思考「為什麼會發生這類問題」。很少人去注意「什麼時候開始發生這類問題」。

婚姻問題，自來就是小說的好題材。不過，不同的時代，有不同方式的婚姻問題。〈孔雀東南飛〉，與台北巴黎之間的「施顯謀的婚變」，都有它特定的時代背景，絕對無法換位。三十年代的中國小說，多的是以婚姻問題為兩代之間衝突的焦點，反映出那個時代的特色。

今天，父母之命、媒妁之言的婚姻，不待人反對，已自動地向時代讓步，向現實低頭，慢慢地退出我們的生活。自由戀愛，婚姻自立，早已不是叛道離經，而成為現代人生活的一部分。但這個過程是緩慢的，它無聲無息地進入我們的現實生活，潛移默化地滲入我們的思想觀念。而它的基礎，是建立在社會經濟結構的變動——由小農經濟逐漸向工商業經濟遞變，使原為社會組織主幹的大家庭，無可避免地為無數小家庭取代。

另一方面，由於社會經濟的發展，教育的普及與提高，使男女受教育的機會漸趨均衡。客觀條件既經成熟，女性走出廚房，從事各種職業，自是水到渠成。因此，女性漸漸減低對家庭的倚賴，而取得經濟上相對的獨立。於是，女性的生活面大為擴展，社交公開、自由戀愛、婚姻自主應運而生。這豈是五十年前甚至三四十年以前的女性所能想像的事？

正如新的機械交通工具，給人類帶來無可比擬的便利，但我們還得忍受空氣汙染與車禍頻仍。新的婚姻方式，賦給現代女性絕大的自主權，但也得忍受它所帶來的困擾與煩惱。這就是〈新裝〉所要表達的主題。

這個短篇，有三個人物：一個是三十三歲待嫁的主角金媚，一個是比金媚年輕十歲的同事婷婷；另外一個，是金媚讀大一的弟弟。時間是晚餐前後。地點在女子單身公寓。由「新裝」而成為故事的經線——也可說是故事發展的主線。作者掌握這條主線，把金媚與婷婷的矛盾作為緯線，相互交錯組成了一個完整的故事。

以故事發展的過程看，顯然有四個階段，矛盾與對立漸次提升，成為一波高過一波的浪頭，一直向前推進：

一、金媚對鏡穿新裝，自我欣賞之餘，請婷婷批評指教。如果婷婷把辭典上所有好聽的形容詞都搬出來，金媚一定照單全收。不巧的是，婷婷正在忙她自己的事，反應不夠熱烈。金媚知道了她今晚要去見小吳的媽媽，她心裡有如煮滾了半鍋醋似的難受。

二、婷婷對新裝的批評，是根據她自己的「假設」出發的，金媚自然無法同意。因而引出「借衣」與「拒借」的糾葛。逼得她只得把本想隱瞞的事說了出來。

三、婷婷打扮停當，興匆匆向她道別，「並祝福她今晚有好運」，激起金媚內心的波濤起伏。本來她對今晚的相親舉棋不定，現在形勢逼人，就是殺身成仁也只好幹了。故事發展至此，雖然表面風平浪靜，暗地裡卻是波濤洶湧。

四、故事急轉直下。讀大一的弟弟，帶來驚人的消息。原來講好的那個人，實在不堪入選，所以媽媽另揀一個來湊數；可恨的是，這一個更是不堪入目。有句俗語，叫作一蟹不如一蟹。此情此景，怎不令人傷心欲絕，欲哭無淚！

故事是這樣開始的。

金媚換穿新裝，為的是渴望擺脫「老是暗自詛咒，離開這塊地方早好！」的單身公寓生活。因為「一年過去，又是一年，天天受這活罪。」怎不令人心煩？還有，精神上的壓力，隨時隨地像尖銳的鑽子碰著久治未癒的傷痕。你聽媽媽的嘮叨：「小媚啊，妳還不遷就些，三十三歲了，真要當一輩子金家的姑娘？……」「小媚啊！三十歲以上的女人，像老牛一樣，走一步掉一個錢，吃香不起來，還不睜一隻眼，閉一隻眼，趕快找個對象……」母女連心，媽媽關心女兒婚事，勸她把握機會，還有可說。可惡的是，毫不相干的人，在背後「互相擠擠眼，歪歪嘴：金媚可能超過三十五了哩！」真令人太難堪了。

幸好，「今天又（？）有了新希望！」什麼希望？相親。如果條件合適，她要緊緊抓住機會，向這個「穿換衣服時，毫無遮攔」的「鬼地方」說再見了。問題是，條件並不合適：「……雖然是續弦，但對方的人品、學問都很好，也有經濟基礎，就是歲數大一點，四十六數……」

金媚早已不是剛出校門的黃毛丫頭了。十年來她相人多矣！可說是「閱歷深，經驗豐」。正因為這樣，察見淵魚者不祥。她才不那麼單純，才不那麼相信白紙上寫的黑字。別的不說，「她自己介紹給對方時，也被說成二十八歲。每次都默默承認……」以己度人，人同此心。「四十六還不一定可靠」，「也許五十出頭，叫她如何死心塌地結婚」。

所以，金媚對這次相親，內心極為猶豫、舉棋不定、進退維谷。可是，形勢比人強，「介紹給她的男人，條件愈來愈低」，「眼前的趨勢，認識的男友，愈來愈不如以前那些不想結交的人，不承認這事實也不行——看起來非要遷就事實不可了」。這叫作關老爺賣豆腐，人硬貨不硬，有什麼好說的。所以「她雖然打不定主意，要不要去陪媽媽（說穿了就是相親），但還是訂製了新裝」。

在這裡，作者透過金媚的思維活動，把她的自我欣賞、顧影自憐的心理狀態，不露痕跡地刻畫出來。

「她對著鏡子，用目光前後左右地測量：很挺，很亮，把自身的優點（修長的身材，玲瓏的曲線）都表現出來……」

「回到長方桌前，坐在藤椅上，凝視著自己的新裝，鵝蛋形的臉龐……這樣俊俏的臉，（真是我見猶憐……）一大堆男孩子都喜歡過她，如果她自己目光稍微低些……」嘿！還等旁人「評高論低，說長道短」！可惡。

這裡包含著多少自惜、自憐、怨艾、感傷。然而，時光永不倒流，二十八歲早已過眼雲煙。所以金媚多麼希望青春永駐，多麼希望旁人真的以「二十八歲」相看。只要旁人說出口，即使明知是謊言，聽起來也是喜悅的。所以當婷婷說她「妳也很年輕啊！看起來，還不到二十八……」她的內心像觸電似地產生了強烈的反應。「她希望聽到這樣的話，婷婷真的說出口了。」空虛的心靈，馬上充實起來。「她平伸著雙臂，暈陶陶地舞踊著慢步迴旋，彷彿真的回到了二十八歲的時代。」可是跋涉於沙漠的渴者，杯水怎能解渴？所以她自然情不自禁地問：

「妳是說，看到我穿起新衣服才像……」

了。

這話問得多幼稚、多愚蠢、多可憐、多可悲。然而，比婷婷大十歲的她，畢竟說出口

這個短篇，在情節上雖無強烈的衝突，但作者藉金媚與婷婷對新裝的見解不同，很成功地把兩個女孩子「同房異夢」的心理襯托出來。

「顏色是不是嫌脆了一點？……」

這是婷婷對新裝的第一點非議。婷婷入世未深，凡事憑直覺。但聽到金媚心裡，卻十分刺耳。她想，「話中的含義，這顏色太嫩，和她的年齡不合。」這是婷婷的真心話，也許是實情，所以金媚「不願正面辯駁」。

婷婷的第二點非議，可就無法緘默了。「噢，這裙子好像高了點。」這是什麼話！於是，「金媚不得不反駁」：「和我那條藍裙子一樣哩！」

於是，兩個女孩子，各想各的心事。

「可是，看起來不大一樣。」婷婷的心理，是假設這件新裝穿在自己身上，看在小吳媽媽的眼裡。

「很難看嗎？」女為悅己者容。如果難看，還相什麼親？這是金媚的心理。

「不，不難看，只是惹眼了一點，可能……年紀大的人，不大看得慣……」

婷婷這話，是根據她自己今晚要見的人（小吳的媽媽），所演繹出來的「可能」。但

在金媚聽來，卻像驚天巨響。她立刻敏感到，她的祕密也許被發現了。不過，她到底比婷婷大十歲，懂得用心機，試探對方到底知道多少。於是，故事在這個「經緯交錯點」上，快速推展開來。

當金媚終於明白了婷婷借衣的用意時，真讓她「又羞又惱」。不借嘛，情面難卻（過去從未拒絕過）。借嘛，天下哪有這等傻事。本來，為今晚的相親，「才特別訂製的新裝——雖然到目前為止，還沒決定要不要去，但總不能為了別人忘了自己的目的和希望。」箭在弦上，不得不發了。本想隱瞞的事（因被「相」多了，萬一不成功，多不好意思），只得婉轉地說出來。

最後，當婷婷「全身舞著春意……向她說再見，並祝福她今晚有好運」，她如何能不「又妒又羨」呢？這就難怪她「便暗自狠狠下了決心：不管對方條件怎樣，一定要好好把握機會」。這時金媚的決心，可以用殺身成仁、馬革裹屍八個字來形容。心頭的陰影既已消失，自然撥雲見日，天清氣朗。但她準備好了全副精神武裝，正要上戰場，忽然聽到「咯咯咯……」的敲門聲。

至此，故事急轉直下。現在，請聽姊弟倆的對話。

「媽媽要我先來和妳說一聲，以前說的那個人沒有來。」

「為什麼？」（為什麼臨陣脫逃？）

「媽打聽出來了，那個人是五十歲，還有前妻留下的兩個男孩——」

「我的天哪！」（居然不幸料中，而且情況還惡劣得多。）

「所以媽媽不要他來。」

「不來最好。」（來了可真糟了！）

「可是，媽媽現在陪了另外一個人來——」

「那又是誰？」（又不是青菜蘿蔔，丟一個撿一個！）

「比那個人年輕得多。媽媽說，一切條件都比那個人好，就是臉上有個大疤。媽先讓我和妳說清楚，再要我陪妳一道去。」

「你回去跟媽說，我今晚另有約會，不能去。」

這是藉口。除此之外，金媚還能說些什麼呢？苦痛的是，她心靈上的煎熬，無法向母親說明（母親到底是上一代的人）；更不好向弟弟傾訴。（即使傾訴了，讀大一的弟弟能領會嗎？）甚至在弟弟面前，她要裝出「打落牙齒和血吞」，不流一滴眼淚。更糟的是，她還得強打精神作「壓路機」來「打發這淒涼的夜晚」呢。

〈新裝〉這個短篇，寫作技巧相當圓熟；尤其心理描寫，令人激賞。但還只能說是短篇小說裡的「小屋」（借用佛斯特的《小說面面觀》的用語），還不足以與莫泊桑、屠格涅夫的作品相比。但作者能面對現實，用他的筆寫真實人生，是可喜的，令人鼓掌的。這豈是今日此間以「奇情」取寵於讀者的新鴛鴦蝴蝶派的作家所能相提並論的？

舊式婚姻，講究門第是它的特色。現代婚姻，對於手捧學士文憑的女性來說，雖有勇氣揚棄門第遺風，但對學歷的過分重視，卻構成一道相當難以超越的藩籬。這是現代婚姻的特色之一，在此附帶提出，作為參考。

——原載一九七四年八月《中國語文》

蔡文甫作品集 9

移愛記

作者	蔡文甫
發行人	蔡文甫
出版發行	九歌出版社有限公司 臺北市105八德路3段12巷57弄40號 電話／02-25776564・傳真／02-25789205 郵政劃撥／0112295-1
九歌文學網	www.chiuko.com.tw
印刷	晨捷印製股份有限公司
法律顧問	龍躍天律師・蕭雄淋律師・董安丹律師
初版	1984（民國73）年7月10日
增訂新版	2012（民國101）年01月
定價	**260元**

書號	0110909
ISBN	978-957-444-809-8

（缺頁、破損或裝訂錯誤，請寄回本公司更換）

國家圖書館出版品預行編目資料

移愛記/ 蔡文甫. – 增訂新版. --
臺北市：九歌, 民101.01

面； 公分. -- (蔡文甫作品集; 9)

ISBN 978-957-444-809-8(平裝)

857.63 100024765